Incertidumbre

Miguel Alcantud

Incertidumbre

SUMA
de letras

Papel certificado por el Forest Stewardship Council®

MIXTO
Papel procedente de fuentes responsables
FSC® C117695

Penguin Random House Grupo Editorial

Primera edición: septiembre de 2021

Printed in Spain – Impreso en España

ISBN: 978-84-9129-589-1
Depósito legal: B-9023-2021

Maquetación: Miguel Ángel Pascual
Impreso en Rodesa, Villatuerta (Navarra)

SL95891

A Rosana, porque me enseña día a día cómo seguir siendo niño.
A Astor, porque me enseña día a día cómo ser adulto (¿o era al revés?).
A María, Paco y Juan, porque además de mis mejores amigos, da la casualidad de que son mis hermanos.
A mis padres, quienes a pesar de no entenderme siempre (normal, por otra parte), jamás han dejado de apoyarme.
A Tito, porque de nuestras conversaciones cuánticas surgió el germen de esto.
A Christian y a Almudena, por abrirme la puerta.
Y a los que en algún momento me habéis hecho un poco como soy.
A todos vosotros, os dedico este pedacito de mí.

1

Había abierto esa puerta cientos de veces, o miles, o qué sé yo. Mínimo una vez a la semana durante treinta y dos años.

Pero esta vez era distinto. Esta vez no había nadie detrás de la puerta que me dijera «cariño», ni «cielo» ni «princesa».

Esta vez mi abuela no estaba en su casa.

Ni mi abuela ni nadie.

Cuando me dijo que me regalaba su piso, pensé que era efecto de la demencia que la estaba invadiendo poco a poco. Cuando iba a visitarla a la residencia Cruz del Camino, cada vez era más raro que se encontrara totalmente bien.

Mi abuela ya no era mi abuela.

A veces sí, y entonces seguía siendo esa mujer extraña y parlanchina que durante muchos años me había cuidado.

Y me contaba cosas de cuando yo era pequeña, de cuando mi padre era pequeño o de cuando ella era pequeña. Nunca he entendido la fijación de mi abuela por la gente pequeña.

Entré en su piso despacio, en silencio. Detrás de mí oía los pasos de Matías.

El recibidor, con su mueble horroroso, las figuritas, el espejo...

Seguía sintiéndome culpable por haber llevado a mi abuela a una residencia.

El salón era como un museo: el sofá de terciopelo verde, la tele antigua ¡de tubo!, los cuadros, más figuritas, muebles y más muebles.

—¿Qué vamos a hacer con todo esto?

Matías observaba la habitación con temor. Le costaba fijar la mirada en un sitio. Un aparador le llevaba a un pequeño Lladró, que a su vez le trasladaba a una escena de caza en la pared, que le guiaba hasta dos platos, recuerdo de Salamanca.

«¿Qué vamos a hacer con todo esto?», me preguntaba yo también. Por un lado, quería montar mi propia casa, pero sentía que tirar las cosas de mi abuela era traicionarla.

Dos años en la residencia y yo seguía sintiéndome culpable.

—Me voy a quedar este cuarto para montar el estudio.

Matías apareció sonriente por la puerta de una habitación. Entraba y salía de todos los sitios, abría cajones y armarios... Estaba muy excitado. Yo esperaba beneficiarme de esa excitación esa misma noche. Mientras tanto, él estaba buscando dónde meter su guitarra, su teclado, su ordenador y todos esos juguetes que se amontonaban en nuestro pequeño piso de cuarenta y siete metros en el centro de Madrid.

Ella no quería ser una molestia. Lo decía así: «No quiero ser una molestia». Y decidió buscarse una residencia en internet. Luego Matías y yo la acompañamos a verla, pero fue ella quien la encontró. Y según la vio decidió que era el sitio donde iba a morir.

Aun así, yo seguía sintiéndome culpable.

Y ahora me había regalado su piso. Cuatro habitaciones, ciento cincuenta metros, en una zona noble de Madrid. Junto al metro y, además, exterior. Había ya pasado por tantos pisos de alquiler que cada vez que entraba en uno lo veía con ojos de inmobiliaria.

Mi abuela había decidido morir en la residencia; estaba segura de que nunca iba a volver al piso y quería quitarme el problema de la herencia, o de que tuviese que esperar a que se muriera.

Tener que esperar a que se muriera...

La culpa, siempre la culpa.

—Susana, ¿has visto esto? —llamó mi atención Matías.

Tenía una pequeña tortuga de porcelana en la mano. Otras cincuenta nos miraban con cara de nada, de tortuga.

—Vivi nunca me dejaba tocarlas —dije yo sin acercarme.

—Aprovecha —me retó.

Pero yo no quería aprovechar. Nunca me habían gustado las tortugas.

Me fui al dormitorio de mi abuela, que iba a ser el nuestro. Matías, a mi espalda, a mi lado. Se movía muy rápido ese día, más de lo normal en él, que ya solía ser rápido.

La habitación nos pareció de película de miedo. La cama era de madera con un cabecero alto que parecía un retablo, coronado por la inevitable cruz colgada en la pared. Las mesillas eran de madera oscura. A un lado estaba un mueble que no sabría definir, cruce entre cómoda, escritorio y estantería, también de madera oscura. Las paredes, menos la del crucifijo, estaban llenas de cuadros sin ningún orden aparente, como si solo estuvieran colocados así para aprovechar cualquier hueco que hubiera. Parecía la celda de un monje con *horror vacui*.

El baño del dormitorio, en cambio, era fantástico. Los azulejos blancos, el latón, los grifos…, todo estaba impecable. Lo fascinante de la decoración es que si esperas el tiempo suficiente todo vuelve a ponerse de moda, y justo el baño había alcanzado ese punto de maduración óptimo.

Matías me besó. Tenía ese extraño don de saber besarme en el momento oportuno. Justo estaba pensando en mi abuela, en la residencia, en que cuando muriera ya no me quedaría familia... Matías no sabía nada de eso, o mejor dicho, lo sabía, pero no que yo lo estaba pensando.

Fui (fuimos) a ver mi antiguo cuarto. Estaba tal y como lo había dejado al irme. Al menos ya no tenía los pósteres y todas las tonterías de mi adolescencia, con lo que no me daba vergüenza entrar en él. Decidí que en principio no íbamos a cambiarlo mucho para convertirlo en el dormitorio de invitados. También podría ser la habitación de Vivi si decidía venir a pasar alguna temporada con nosotros. ¿Era eso justo? ¿O debería cederle el dormitorio principal e irnos Matías y yo a mi antiguo cuarto? La casa era suya. Pero yo sabía que ella no lo hubiese permitido. Lo cierto es que mi cuarto era más pequeño para estar los dos, pero yo me sentiría menos mal con esa solución.

Cerré la puerta de mi habitación mientras pensaba que ese problema se quedaba dentro y que podría recuperarlo cuando me viera con fuerzas para pensar en ello.

Seguí paseando por la casa. No quería cambiar nada de como lo tenía Vivi, pero, si no lo hacía, nunca sería mi casa, y eso sería traicionarla más todavía.

¿Por qué esta alegría me daba tanta tristeza? Me sentía como si estuviera despidiendo a Vivi, y no quería tener esa sensación.

—No quiero tirar nada —le dije.

—¿Y qué hacemos? —me preguntó con cautela.

Sabía que caminaba por terreno resbaladizo.

—No lo sé —contesté, si es que eso era una respuesta.

Matías me abrazó. Yo me sentía como si estuviera haciendo algo malo. Eran las cosas de mi abuela, de mi familia. Era su casa. Yo no tenía derecho.

Se lo confesé a Matías.

—¿Por qué me siento como si estuviera haciendo algo malo?

—No estás haciendo nada malo.

—¿Y por qué me siento así? —insistí.

—No tienes por qué sentirte mal. Ella es la que quiere que vivamos aquí —argumentó.

Y ya no me apetecía hablar más, así que me separé de su abrazo y fui hacia la cocina.

Es muy difícil explicar algo así a quien no lo siente.

Los armarios y los electrodomésticos estaban como nuevos; no eran los mismos que cuando yo vivía aquí al morir mis padres. Pocos años antes había hecho reforma, pero Vivi era muy suya y no me contaba nada para no molestarme. Un día me invitó a tomar un té y me enseñó su cocina nueva.

Matías miraba de cerca la robusta mesa de cocina como si supiera algo de mesas de cocina.

—¿Has visto esta mesa? —me preguntó con los ojos abiertos de par en par.

Sí, la había visto; había tirado el colacao un par de veces, había amasado cientos de bolitas de pan, había devorado innumerables tortillas de atún...

Para ser abuela, la mía no era un prodigio en la cocina. Se puede decir que la tortilla de atún era el plato más elaborado que era capaz de hacer. Tortilla de atún o de cualquier otra cosa, porque para Vivi en eso consistía cocinar, en hacer una tortilla y meter algo dentro. La otra variante era calentar mucho aceite en una sartén y meter palitos de pescado congelados, o croquetas congeladas, o sanjacobos congelados. A veces pienso que sobreviví a mi adolescencia con ella por mi genética, no por la alimentación.

Mi abuela era la mejor abuela del mundo por derecho propio, no porque se lo trabajara.

Terminamos de ver la casa sin dejar de apasionarnos por todas las posibilidades que nos ofrecía tener cien metros cuadrados más para expandirnos. Incluso pensamos en reservar un cuarto para dejar las cosas de Vivi hasta que determináramos qué hacer con ellas.

Decidimos que nos quedábamos la cama, que cambiaríamos el sofá y que el resto ya lo veríamos más tarde, cuando lleváramos nuestros pocos enseres y los mezcláramos con las muchas cosas de mi abuela.

Decidimos que en una semana, antes de fin de mes, haríamos el traslado para no tener que pagar otra mensualidad de nuestro piso de cuarenta y siete metros en el centro de Madrid.

Decidimos que mi abuela era la persona más maravillosa sobre la faz de la tierra.

Y ya no decidimos nada más. Nos fuimos a tomar una cerveza.

2

La Paloma era nuestra cocina.

Había intentado cocinar, lo juro.

Me compré *101 Recetas fáciles para hacer en casa, 50 modos de hacer pasta, Cocina con restos, 70 recetas tradicionales como las haría tu abuela…*

No conseguí utilizar ninguno. Era imposible. Miraba el índice y no conseguía fijar la vista. Si abría el libro aleatoriamente, era casi peor: siempre había un ingrediente que no tenía, lo que hacía que me desanimara y pasara a la siguiente página, donde me volvía a ocurrir lo mismo. A la tercera receta cerraba el libro y empezaba a pensar en cosas que nada tenían que ver, ya fueran eventos nuevos en la librería o el estado de la materia antes del Big Bang. Cualquier cosa con tal de no seguir cocinando.

Matías cocinaba. Él sabía mezclar los ingredientes de un modo que para mí era un misterio. Yo necesitaba una báscula de precisión para poder calcular diez gramos de sal; Matías simplemente daba un pellizco al bote de la sal ¡y acertaba!

Pero no era cosa de explotarlo. No podía hacer todas las horas que hacía en la asesoría (y más aún en cierre de trimestre) y luego obligarle a que me cocinara solo porque yo no era capaz de centrar la mirada en el libro de recetas de un chef aparentemente famoso, pero que ninguno de los mortales conocíamos antes de que tuviera un programa en la televisión.

Así que íbamos a La Paloma.

Porque nos pilla justo debajo de casa; mejor dicho, nos pillaba.

Porque eran simpáticos, no nos miraban como si nos perdonasen la vida si nos apetecía quedarnos media hora hablando después de cenar y no nos miraban con odio si un día solo nos apetecían unas gambas al ajillo.

Porque sabían que la cerveza me gustaba con un poco de limón, pero solo un poco, y que Matías quería un doble.

Porque tenían el mejor marisco cocido de Madrid.

Porque sí y punto.

Después de entrar definitivamente en la casa nos dimos un homenaje, así que la cena no consistió en algo para poder sobrevivir un día más y evitar irnos a la cama con solo un vaso de leche o las sobras de algo que habíamos comido tres días antes.

Aquel día teníamos de todo.

Nécoras, bígaros, gambones y boquerones en vinagre. Pan y cerveza. La cena de los campeones, como decía Matías.

Y esa noche Matías dijo muchas cosas. No se podía creer que el destino nos hubiera puesto delante (y gratis) un piso como el de mi abuela.

—¡De cuarenta y siete metros a ciento cincuenta! —repetía una y otra vez.

Yo arrancaba la cabeza a otro gambón y sorbía. Nada se puede comparar al sabor de los jugos de la cabeza de un gambón poco hecho a la plancha. Ya sé lo que dicen del ácido úrico y todas esas cosas, pero puestos a tener que morir de algo, que sea disfrutando.

—¡Y encima nos quitamos el alquiler del piso! ¿Nos vamos este verano a Japón? —propuso Matías exultante.

—¿Por qué a Japón?

—¿Prefieres otro sitio? —preguntó un poco descolocado.

—No, Japón está bien —respondí, aunque sabía que no íbamos a ir a Japón; a Matías le gustaba más soñar que cumplir sus sueños.

Otro gambón, otra cabeza, otro sorbo. Necesitaba encontrarle fallos a ese regalo del cielo (y de Vivi), porque seguía sin poder evitar ese sentimiento de culpa que me acompañaba.

—Nos vamos a pasar el día limpiando —dejé caer.

—Con lo que nos ahorramos del alquiler, si quieres contratamos a una chica para que limpie dos veces por semana —contestó Matías.

Estaba claro que nada le iba a amargar el día.

—¿Y por qué no un chico? —pregunté.

—Porque, bueno, ya sabes que las chicas... ¿En serio tengo que explicarlo?

Matías era el mejor. Era el mejor. Siempre lo fue, aunque a veces su sentido del humor fuera un poco de mal gusto.

Gambón, cabeza, sorbo... y la culpa, siempre la culpa.

—Venga, lo que tengamos que tirar lo tiramos o lo regalamos. Pero vamos a hacerlo poco a poco, ¿vale? —resolví.

—Por supuesto.

Otra cabeza, y Matías seguía divagando. Su mente era como un recipiente lleno de ruido. Lo mirabas a los ojos y adivinabas el caos que habitaba ahí dentro. Algunas cosas podía verbalizarlas, otras no, pero fuera lo que fuera, nunca sabías por dónde iba a salir. Lo que tenía claro era que no lo hacía por sorprender, y ese era su encanto. Se obligaba a sacar ideas por la boca para ir dejando espacio libre, pero podías ver cómo ese espacio no duraba más de un par de segundos. Además, las ideas tampoco tenían que necesariamente ser lógicas.

—Si tuviera un poco de terreno sería la casa ideal —dijo tras acabar su primera cerveza.

—¿Y para qué quieres tú terreno?

—Para plantar nuestras propias cosas, ya sabes, lechugas, tomates... —me explicó del modo más convincente.

—Esto es nuevo. ¿Desde cuándo quieres tener un huerto?

—No es solo eso. Si tuviéramos terreno, Tanuki podría correr a sus anchas —argumentó mostrando las líneas principales de su plan maestro.

—¿Quién es Tanuki? —pregunté sorprendida.

—El perro —respondió con el típico tono de «¿Cómo me preguntas algo así?».

—¿Qué perro? —insistí.

—El que tendremos cuando tengamos terreno.

Esa no la vi venir. Matías se había mostrado tan entusiasmado con la casa que no imaginé que pudiera tener otra idea que no fuera habitar en ella.

¿Y si Matías no quería vivir en un piso enorme en un barrio señorial de Madrid? De pronto me sentí egoísta por no haber pensado en él.

—¿Quieres que vendamos el piso de mi abuela y nos compremos una casita con terreno? —le planteé.

Matías hizo una pausa antes de contestar. No sé si fue su intuición o simplemente que quería una casita con terreno, pero tenía resistencia a entrar en la casa.

—¿Tú querrías? —me tanteó.

Yo le expliqué que había crecido en ese piso, que había sido mi hogar desde que mis padres murieron y que deseaba que fuera nuestra casa. También añadí que, si pensaba que íbamos a estar mejor en otra parte, podíamos considerarlo.

—El piso es perfecto, no te preocupes —zanjó.

Se nos habían acabado los gambones y ya no había más cabezas que sorber, pero todavía nos quedaba un culo de cerveza.

Levanté mi vaso hacia el punto medio entre mi cabeza y la suya.

—¡Por mi abuela!

Matías juntó el suyo con el mío. Apenas le quedaban unas gotas, pero le dio igual. Y a mí.

—¡Por tu abuela!

Por Vivi, que sin saberlo no solo nos había regalado un pisazo, sino un espacio para crecer juntos, para experimentar lo que (creo) nadie más ha vivido. Nos proporcionó las herramientas para aniquilar nuestra relación, para alimentar nuestra inseguridad y para aumentar nuestras sospechas. Básicamente nos dio algo precioso que yo utilicé para joder nuestra vida. La de los dos.

Pero nosotros aún no lo sabíamos.

Estábamos felices. Teníamos las risas y los besos. Más lo primero que lo segundo. Aunque también lo segundo. Y viceversa.

3

El tiempo,
mi tiempo,
el mal tiempo.
¿Cuándo es malo?
¿Qué es el tiempo?
Cuando yo quiero que llueva,
el tiempo no hace caso.
Se convierte en pasado,
o en futuro,
o en nuboso.

El chico declamaba en una pequeña esquina entre Narrativa Hispanoamericana y Teatro. Más que declamar, rapeaba.

Tenía veintimuchos, o treintaipocos, o yo que sé. Las palabras fluían rápidas, con ritmo, siguiendo una música que supongo que él tenía en la cabeza. En la librería había unas treinta personas divididas a partes iguales entre amigos del poeta y clientes habituales. Casi todos estaban sentados en sillas de tijera colocadas estratégicamente junto a las estanterías. No era el espacio ideal, pero todos escuchaban atentos.

Santiago y yo estábamos viendo el espectáculo junto a la caja, mientras que Max permanecía detrás del poeta, en un segundo plano relativo, asumiendo el rol de maestro de ceremonias. Santiago no creía en mi plan de dinamización para atraer más clientes a la librería.

¿Quién manda en el tiempo?
Si yo quiero ver el futuro, está borroso,
está pasado,
está nevado.
Yo solo quiero tener tiempo,
tener mi tiempo,
sea como sea.
Lo voy a aceptar como venga,
no quiero casi nada,
o quizá sí.

Hace casi cincuenta años Santiago decidió abrir una librería junto con su pareja, un licenciado en Literatura Clásica. Buscaron un local cerca del centro, lo llenaron de estanterías y le llamaron El Extranjero porque ambos se sentían extraños en la sociedad y aspiraban a construir un oasis para gente como ellos. Elaboraron un catálogo distinto, culto, pero no pedante, donde se pudiera tener acceso a libros que nunca se habían editado en España. No podían dedicarle más ilusión ni más energía al negocio, pero, a pesar de todo, El Extranjero apenas vendía unos libros baratos de segunda mano y no cubría gastos.

Y eso tuvo consecuencias.

La pareja se rompió. El licenciado dejó la librería. Las deudas se amontonaron.

Pero Santiago aguantó.

Y aguantó.

Y unos tres años más tarde ocurrió algo que lo salvó todo. Una señora mayor de la zona, millonaria y amante de los libros, murió y dejó a Santiago una enorme biblioteca con ejemplares valiosísimos y primeras ediciones. Este no se lo esperaba, puesto que, a pesar de que la anciana era habitual en la tienda, nunca habían cruzado más de cinco palabras de cortesía en cada una de sus compras. Por lo visto, ella consideraba a Santiago un paladín de los libros y creyó que nadie como él valoraría su legado.

O quizá odiara a sus hijos.

O sería cualquier otro motivo, pero ese gesto lo cambió todo. El rumor corrió entre los bibliófilos, que acudieron en masa a tratar de hacerse con esos libros tan raros y valiosos. Esa marea apasionada mantuvo el negocio en volandas durante bastante tiempo y llevó a Max a la librería. Aprendiz de escritor, mordaz y divertido, decidió quedarse a vivir con Santiago entre las estanterías. Era unos veinte años menor que él y, aunque no tenían nada que ver, encajaban de un modo tan asombroso que los mantuvo más de treinta años juntos.

Mantuvieron El Extranjero a flote formando un gran equipo; Max era el relaciones públicas y Santiago, el erudito. Hasta que aparecieron las grandes superficies, donde igual te venden un libro que un muñeco cabezón de la última franquicia de Hollywood, que todo lo devoran.

Y Santiago ya estaba mayor y le costaba adaptarse.

Ahí entré yo.

Santiago y Max buscaban a alguien que los ayudara. A pesar de que las ventas habían bajado mucho, los años, la salud y las ganas de tener algo de vida aparte de la laboral hicieron que pusieran un cartel en el escaparate justo el día que yo estaba buscando un libro para un trabajo de la carrera.

La filosofía de la tragedia, de León Chestov.

No lo tenían.

Ese mismo día nos pusimos de acuerdo. Yo trabajaría unas horas semanales hasta el final de la carrera y luego algunas más durante el verano. Con la llegada del otoño, decidiríamos si seguía en El Extranjero o buscaba trabajo de lo mío.

Y me quedé.

Yo llevaba trabajando casi nueve años en El Extranjero el día en que el poeta rapeaba al tiempo. A los tiempos. Al buen y al mal tiempo.

En esa época yo estaba saturada buscando modos para atraer nuevos clientes físicos (gracias a los portales de libros de segunda mano y a los canales especializados, habíamos conseguido salir de números rojos y sobrevivir con cierta dignidad). Cada semana trataba de buscar una excusa para montar un evento, siempre ante la mirada incrédula de Santiago.

—No creo que montar estos espectáculos esté reportando beneficios —decía—. Esto lo único que hace es que vengan más turistas culturales.

Él los llamaba así, turistas culturales. Esa era la etiqueta que tenía para los que entran en las librerías a pasar el rato y a pasear entre las estanterías. Cogen un libro, lo hojean y lo vuelven a dejar. Se los ve pasear despacio, mirando por encima las mesas centrales que tienen las novedades y los anaqueles donde se sitúan las recomendaciones. Apenas se paran unos segundos y siguen caminando.

Santiago era escéptico, pero me dejaba hacer. Según el día, yo pensaba que era porque confiaba en mí o porque así evitaba escucharme. Daba igual, me dejaba hacer.

Y yo hacía.

El poeta-rapero tenía a la gente en el bolsillo, con sus palabras y sus movimientos.

Quizá quiero algo muy difícil,
pero es lo que quiero;
un día soleado,
un futuro...
Como mucho, tener un pasado
o que no haya granizo.
Eso es todo lo que quiero:
tiempo.

El público le dedicó un sentido y largo aplauso.

—Eso no quiere decir nada —me susurró Santiago sin dejar de mirar a la gente.

Me ofreció un caramelo de menta que yo rechacé. No me gustan los caramelos de menta.

—Fideliza a la clientela —contesté yo.

Santiago sonrió.

—Qué mal te ha sentado el curso de marketing.

—Hombre de poca fe.

Desde la caja veíamos cómo la gente se acercaba a hablar y a felicitar al chico que había estado recitando. Max estaba a su lado y contestaba la mitad de las preguntas por él, pero el poeta estaba encantado; no se molestó por que otro intentara ser el centro. Santiago y yo nos dimos cuenta de cómo se complementaban: el joven hablaba de su libro y Max de la librería.

La gente empezó a coger las copas de vino que habíamos puesto en dos mesitas a los lados de la librería y formaba pequeños grupos.

Mientras tanto, Santiago refunfuñaba. Cuando le daba por un tema, no era fácil que lo dejase.

—Sí, mucha gente, muchos vinos, pero…

Yo no me iba a rendir. Este era mi proyecto y tenía que llegar con él hasta el final.

—Para poder cosechar hay que sembrar antes —respondí.

—¿Eres Yoda? —se burló.

Me sorprendió. No me imaginaba a alguien como Santiago viendo *La guerra de las galaxias*. De hecho, no me lo imaginaba fuera de esta librería. Era como un personaje de literatura y solo entre literatura podía existir. Creo que por eso no tenía pensado jubilarse. Como los buenos rockeros, moriría en el escenario (Max bromeaba a veces con el aumento de clientela que supondría que muriera entre las estanterías).

Pero, por supuesto, yo no podía dar mi brazo a torcer.

—Hay que atraer gente a la librería, lo otro vendrá solo —le dije, y mientras lo decía, me soné demasiado parecida al tipo del curso de marketing que Santiago y Max accedieron a pagarme.

Santiago me repetía una y otra vez que todo lo que podía aprender de marketing lo tenía a mano, entre las estanterías (se quedaba corto: los libros de El Extranjero eran mi pasatiempo y mi oráculo; no había problema cuya solución no encontrara en esas repisas).

Yo sabía en el fondo que Santiago tenía razón, pero no podía admitirlo. Tenía que conseguir que esa inversión que hizo tuviera un beneficio en el negocio.

—Claro, el vino no lo pagas tú —gruñó mientras iba haciendo la caja.

—Buscaremos un patrocinador —respondí.

Estaba decidida a no perder esta batalla.

—¿Tú crees que alguien se va a interesar por esto? —Por lo visto, él tampoco pensaba rendirse.

Hacía ya años que teníamos esta dinámica. Según Santiago, parecíamos un matrimonio de ancianos, y cada vez que decía eso yo me acordaba de los abuelos de los teleñecos.

—Anciano lo serás tú —le contestaba yo.

—Pareja lo serás tú —respondía.

La verdad es que estos diálogos no tenían ningún sentido, pero era nuestra dinámica especial. Santiago era el más hábil de los dos en nuestras conversaciones. Nunca se quedaba sin nada que decir.

También decía muchas otras cosas.

—Lo que se busca, se encuentra —decía.

—A la suerte hay que ayudarla —decía.

—La cuestión es pasar el rato —decía.

Echo de menos esos años.

Y en esos años estábamos, discutiendo mientras él hacía la caja y pensaba que no habría más ventas ese día. Tenía muchas ganas de irse a su casa, que estaba en el ático del mismo edificio.

Max se acercó a nosotros, o más bien se situó entre nosotros. Nunca fue demasiado tímido con las personas. Su hábitat natural era ser el centro de cualquier reunión.

—No seas cascarrabias, el evento ha sido precioso —le dijo a Santiago.

Santiago se ponía más gruñón cuando Max estaba presente. Era el juego que tenían, los roles con los que les gustaba relacionarse.

—Preciosísimo —soltó irónico mientras manipulaba la caja.

—Si por ti fuera, la librería estaría llena de telarañas e intelectuales coñazos, que eres muy antigua.

Jamás entenderé esa broma gay de llamarse unos a otros en femenino.

Antes de que Santiago pudiera responder, un par de chicas de unos veinte años se acercaron al mostrador preguntando si teníamos página web. Este me miró y les deletreó la dirección de nuestra página, desde las tres *w*, el punto... Las chicas lo miraban con atención para no perderse nada. Max me dio un discreto codazo para que fuera a ayudarlo. Cogí un par de marcapáginas que habíamos impreso con una imagen de la edición ilustrada de *El extranjero* de Camus que se publicó en 2001 y se los ofrecí. En la parte de abajo venía toda la información de la librería.

—Aquí tenéis. Aceptamos pago online —dije.

Una de las chicas estaba trasteando entre los pequeños libros y las tonterías que teníamos en el expositor frontal debajo de la caja. Otra turista cultural. Santiago volvió a su tarea.

—*¡100 poemas surrealistas!* ¡Qué gracioso! Mira, Ángela —le dijo la turista cultural a su amiga.

Las dos hojearon los libros en miniatura.

—Voy a recoger las sillas. — Pero, apenas me separé un metro, cada una de las chicas llevaba un ejemplar en las manos y se lo estaba entregando a Santiago para poder pagarlos.

Me giré hacia él sonriendo y me fui a ordenar las sillas sin perder de vista la caja.

Apenas se fueron, me aproximé a Santiago con cara de triunfo.

—Se han llevado los más pequeños, no es para cantar victoria —refunfuñó Santiago.

—¡No te soporto! Encima de que la pobre intenta evitar nuestra ruina, no la desanimes —le riñó Max.

—¿La pobre? —me defendí.

Max me hizo una mueca de «defiéndete tú sola» y se fue a hablar con los asistentes. Pocos segundos después Matías entró a la librería vestido con traje y corbata.

Sé que soy totalmente incoherente. Crecí siéndolo y no creo que se me vaya a pasar nunca. Desde pequeña odiaba los lazos y el color rosa, no soportaba los vestiditos que me ponía mi madre. A los trece años «robaba» las camisas a mi padre, que me quedaban casi como un vestido, y me las ponía para salir con las amigas. No soporto los tacones, ni altos ni bajos. No los soporto, más por lo que significan de cosificación de la mujer que por lo incómodos que son, que lo son y mucho.

Visto normal, no como si fuera un florero ni como un adefesio. Normal, para mí, para sentirme bien, y obviamente me gusta gustar, como a todos, porque yo también tengo mi puntito coqueto. No llevo un saco atado con una cuerda, pero tampoco dedico dos horas a decidir qué ponerme. Me gustan lo informal, lo cómodo y lo funcional.

Y todo esto es para contar una gran verdad.

Me ponía muchísimo Matías cuando iba con traje.

Ya está. Lo he dicho. Todos tenemos incoherencias, ¿no?

Santiago debió de pensar lo mismo que yo.

—¡Qué guapo! —dijo.

—Cierre de trimestre —respondió Matías mirándose el traje—. ¿Cómo ha ido?

—Tu chica dice que bien, pero con esto no creo que me pueda comprar el Ferrari. —Santiago, como siempre, tan amable.

Matías le dio la mano y a mí, un beso fugaz. Cuando estaba en público, siempre me daba un beso fugaz.

La gente estaba saliendo de la librería. El poeta seguía hablando con algunos de los asistentes, supongo que con los de la parte que habían venido porque lo conocían. Un señor de unos cuarenta y cinco años se acercó con dos libros. Yo me metí detrás de la caja empujando un poco a Santiago para que saliera.

—¿Quieres comprarte un Ferrari? —le preguntó Matías a Santiago.

—Yo creo que no ha ido tan mal. Con esto tenemos casi para el embrague —apunté yo.

—Lo quiero automático —respondió Santiago.

Los tres sabíamos que bromeaba; Santiago no tenía carnet de conducir.

4

¿Qué has hecho con las tortugas? —me preguntó Vivi.

Hacía muy buen día. Vivi y yo estábamos charlando en un banco de la residencia. Las dos estábamos muy contentas. Ella porque siempre lo estaba cada vez que la visitaba, lo cual me daba una envidia y una alegría enormes. Yo porque ese día Vivi era Vivi.

Y eso no era poco.

Decían que no era alzhéimer ni demencia senil, sino que simplemente era falta de riego. Los vasos sanguíneos se endurecían con la edad y ese extraño cerebro que tenía mi abuela se convertía en doblemente extraño.

Antes de que le fallara la cabeza, siempre había sido una persona curiosa. Aunque yo no conocía demasiado su pasado, sabía que ella sola había criado a su hijo. Mi padre antes del accidente me había contado que mi abuela había nacido en medio de la guerra; que su padre se tuvo que ir a Francia por estar en el bando que no ganó y que en algún momento de su vida volvió, pero no sé cuándo ni por qué, a la casa donde nació.

Aparte de esos pocos hitos no sabía mucho más.

Desde pequeña me fascinaba estar con ella, porque parecía más niña que yo. Era adicta al parchís y a los juegos de cartas. Cuando mis padres me dejaban en su casa porque tenían que hacer algo, las tardes se convertían en una timba clandestina donde los garbanzos, nuestra moneda propia, volaban de mano en mano sin piedad. Porque podía ser mi abuela y quererme mucho, pero, en cuanto al juego se trataba, no se casaba con nadie.

Pero aquel día era ella misma, y pudimos hablar sentadas en un banco mientras tomábamos el sol.

Yo le estaba contando la mudanza a su casa.

—Aún nada. ¿Quieres que te traiga las tortugas? —respondí.

Ella se rio de esa manera tan extraña, abriendo mucho la boca, pero sin emitir sonido alguno.

—No. ¡Son horribles! Véndelas en nolotires.com —dijo sin dejar de reír.

Yo la miré sorprendida. Como todos, tenía el prejuicio de que cualquier persona mayor de sesenta años tenía que ser una analfabeta digital.

Obviamente ella no lo era.

La mejor abuela del mundo.

Mi abuela.

—¿De qué conoces tú esa página? —pregunté intrigada.

—¿Cómo crees que consiguen aquí el dinero para jugar a las cartas? —respondió como si mi ignorancia sobre el mundo de las residencias de ancianos fuera casi ofensiva, y añadió—: ¡Putos abuelos!

Yo me reí, pero me hice la escandalizada.

—¡Vivi! —la reprendí.

Ella se rio aún más.

—Bah, como estoy p'allá me dejan decir lo que quiera.

Realmente era un muy buen día.

Mi abuela había decidido autointernarse en una residencia «de pago». Con la pensión y unos ahorros que tenía no sé muy bien de qué, había calculado que le daba para pasar el resto de su vida en ese sitio. Yo le ofrecí muchas veces que se quedara con nosotros en casa, que no iba a ser una molestia y que íbamos a respetar su independencia, pero ella me explicó que yo tenía que hacer muchas cosas y que no iba a ser una carga en ningún sentido; además, allí tenía masajista, piscina y muchos viejos a los que sacarles los cuartos a las cartas. Ante una serie de argumentos así no pude decir nada.

Yo intentaba ir todos los fines de semana y algún día suelto. Al fin y al cabo, ella era mi único familiar vivo. Mis padres eran ambos hijos únicos descendientes de hijos únicos, con lo que, tras su muerte, mi abuela y yo nos quedamos solas. Ir a visitarla era casi más importante para mí que para ella.

Un día me llamó por teléfono para decirme que necesitaba que fuera a verla. Yo me temí lo peor. Hablé con Santiago, le pedí la mañana libre y a primera hora me presenté en la residencia.

Lo que tenía que decirme no era lo peor. Ni mucho menos. Era lo del piso.

Sin embargo, me acechó mi sentimiento de culpa, como si me costara admitir que algo bueno pudiera pasarme.

—Si en algún momento quieres venir a vivir con nosotros, hay muchísimo sitio. He dejado la cama de mi cuarto, la podemos poner donde quieras —le dije.

—Ya se me quitaron las ganas de vivir contigo en tu adolescencia.

—¡Vivi! Si era un encanto —me defendí.

—Eso es lo que tú te crees. Porque soy una bendita, si no te hubiera estrangulado. Menos mal que la adolescencia se cura.

Yo insistí en mi ofrecimiento.

—Tendré una habitación preparada por si quieres venirte, aunque sean temporadas —le ofrecí de nuevo.

Ella me respondió como siempre.

—Aquí estoy mejor que quiero. Los domingos nos dan helado, y además tengo a todos estos viejos que me escuchan.

Quería compensarla por todos esos años que había cuidado de mí, o quizá era la culpa la que hablaba a través de mi boca; no sabría decir ahora, pero tenía que dejarle claro que me preocupaba por ella.

—Yo también te escucharía.

Ella me miró con esos ojos pequeños y me sonrió como solo mi abuela sabía sonreír.

—Ya lo sé. Pero lo que tienes que hacer ahora es vivir tu vida, no estar cuidando de nadie. De verdad, estoy bien aquí. Ahora, no me jodas y me dejes tirada; ven a verme de vez en cuando para cotillear.

Yo reí y la abracé.

—Por supuesto —le dije sin soltarla.

Cuando por fin consiguió zafarse de mi abrazo, me cogió la cara y me miró muy contenta.

—Estás muy guapa.

—Pues anda que tú... —repliqué.

—¿Cómo está tu madre? —me preguntó.

Se me heló la sangre. Solté sus manos de mi cara con suavidad e intenté que me mirara a los ojos.

—Vivi, mi madre y mi padre murieron hace veinte años en un accidente.

Ella se quedó mirándome sin expresión, como si no entendiera lo que le acababa de decir.

—Volvían del médico porque a mi madre le había dado fiebre y se chocaron con un autobús. ¿Te acuerdas? Por eso yo viví contigo desde los trece.

Vivi trató de sonreír, pero ni era la sonrisa de mi abuela ni era su mirada.

—Claro, claro... —dijo quitándole importancia.

Si yo estaba preocupada, creo que ella lo estaba mucho más.

En esos casos yo no sabía muy bien qué hacer. El problema es que «esos casos» eran cada vez más frecuentes. Yo sabía que mi abuela se estaba yendo a algún sitio dentro de su cabeza. Ella también lo sabía. Las dos hacíamos como que no estaba ocurriendo y así podíamos seguir sonriendo.

Ella recompuso la máscara y me preguntó si Matías había compuesto alguna canción nueva.

Yo asentí con la sonrisa más natural que pude. No sé si lo conseguí.

5

Mientras yo guardaba todas las cosas de Vivi en cajas y las iba etiquetando lo mejor que podía, Matías estaba enteramente dedicado a organizar, diseñar y cablear el estudio donde iba a colocarse con sus juguetes de hacer música.

Había metido dos mesas y un ordenador. Además, estaba instalando un doble sistema de escucha para poder cambiar entre tocar «como se debe de tocar» o tocar sin provocarles un infarto a todos los vecinos. Sus clavijas, pedaleras y cables ocupaban todo el suelo.

Yo sabía que si le pedía que me ayudara, él lo haría sin rechistar, pero le tendría irascible toda la tarde. Haría las cajas soltándoles pequeños bufidos a las cosas; las trataría sin cuidado y a la primera cosa que le dijera saltaría con un «haberlo dicho» o «lo estoy haciendo bien».

Matías podía ser la persona más cariñosa y encantadora del mundo, pero en muchas cosas era como un niño. Por nuestra salud como pareja me compensaba tenerle entretenido con sus cables, aunque tuviéramos una o dos semanas más la casa empantanada. Además, no teníamos ninguna prisa.

El día que empezó todo ya había vaciado entero el contenido del gran mueble del salón. Entre los millones de cosas que mi abuela guardaba en él (es increíble todo lo que cabe en un armario) encontré un álbum con fotos antiguas. Nunca lo había visto, ni ese ni ninguno. Vivi, al contrario que la mayoría de las abuelas, odiaba las fotos y no tenía ninguna guardada ni expuesta por los muebles o las paredes, por eso me extrañó mucho encontrar ese álbum que no había visto en los casi diez años que viví allí.

Lo miré por encima para ver si había alguna de mis padres, pero era demasiado antiguo. Como quería terminar cuanto antes con los armarios, lo dejé en una caja junto a varias carpetas con recibos de la comunidad de vecinos y otros papeles para mirarlos bien cuando estuviera más tranquila.

Tras dejar una caja más en el trastero improvisado, pasé por el estudio. Matías estaba debajo de la mesa.

—¿Cómo vas? —le pregunté.

Él asomó a duras penas la cabeza.

—Entre mal y muy mal. Odio toda esta mierda de los cables. Si no es para irnos a la casa con terreno, yo no me muevo de aquí en mi vida solo para no tener que volver a cablear —me contestó mientras trataba de empalmar unas clavijas o algo así, pues apenas llegaba a distinguir lo que estaba haciendo desde donde yo estaba.

Otra vez la casa con terreno. Igual que podía ser encantador, podía ser muy pesado cuando algo se le metía entre ceja y ceja.

—Si algún día tengo dinero, compraré una casa con su jardín y te enviaré a ti solo a que plantes remolachas —le dije.

—¿Y qué harías sin mí?

—No sé qué haría, cariño. Sin ti estaría perdida —solté muy dramática con una mano en la frente.

Él me hizo un gesto burlón y yo le guiñé un ojo que no vio porque ya estaba de nuevo peleándose con los cables.

Me fui al salón.

Había un cuadro particularmente feo (luego me enteré de que era el preferido de mi abuela) en la pared donde estaba la puerta. Era un óleo supuestamente impresionista de un paisaje. Tenía una doble hilera de montañas a la derecha, tras un campo recién segado que ocupaba todo el primer plano. Sobre el sembrado se veían cuatro montones de paja amontonados para ser recogidos. No sabía si tendría algún valor, pero me parecía espantoso. Por supuesto, nunca se lo dije a mi abuela, pero la simple presencia de ese cuadro le daba una sensación rancia a toda la decoración del salón. Así que decidí que iba a ser mi próxima víctima.

Me subí a una silla y lo descolgué. Me lo metí debajo del brazo y me dispuse a llevarlo al trastero, pero entonces una chica se me apareció de frente, como si no me viera, y entró en el cuarto con un cuadro en las manos. ¡El mismo cuadro!

No pude ni reaccionar. Pasó a mi lado, cogió una silla, se subió y volvió a colgar la pintura en el mismo sitio del que yo lo había descolgado apenas unos segundos antes. No pude ver su cara.

Yo me miré las manos, que continuaban sosteniendo el lienzo. ¿Cómo era posible? ¿Qué estaba pasando?

La chica se bajó de la silla y caminó hacia el dormitorio.

—¡Oye! —le grité.

Ella no hizo nada que indicara que me había oído. Yo la seguí. Quería verla, saber quién era y qué hacía en mi casa, pero no conseguí más que hablarle a una espalda.

—¡Eh! ¿Cómo has entrado? —Miré el cuadro que había colgado: era exactamente igual al que yo tenía en las manos.

La intrusa siguió pasando de mí y entró en el dormitorio. Noté que Matías salía de su estudio.

—¿Con quién hablas? —me preguntó.

Pero yo no le hice caso y me fui corriendo hacia la habitación.

Cuando entré me quedé helada. Allí no había nadie. No le había dado tiempo a esconderse, pero en algún sitio tenía que estar. Miré rápidamente en el baño. No estaba por ninguna parte. Matías entró en el cuarto justo cuando yo estaba tirada en el suelo mirando debajo de la cama.

—¿Qué haces? —Se agachó a mi lado—. ¿Qué has perdido?

—El cuadro… —balbuceé.

Él me miró sin entender nada, por supuesto.

—¿Qué cuadro? —Y miró el que tenía en las manos.

Me erguí y fui rápidamente al salón. No había ningún cuadro en la pared, todo estaba normal.

Matías me seguía por toda la casa preocupado.

—Susana, ¿qué pasa? —Intentó cogerme el brazo, pero yo no le dejé.

Quise ir al dormitorio otra vez, pero Matías me agarró por los hombros.

—¿Estás bien? —me preguntó alarmado.

¿Cómo explicar lo que acababa de pasar?

—Había una chica en la casa —le dije.

—¿Dónde?

Exacto, ¿dónde estaba?

—No lo sé.

Y le conté de la mejor manera que pude lo que había pasado. Matías siempre trataba de encontrarle una solución a todo, pero esto le dejó bloqueado. Me preguntó muchas veces si estaba segura de lo que había visto. Le describí cómo iba vestida la chica, con un vestido gris un poco entallado y el pelo recogido en un moño bajo.

Él me dijo que eso era imposible, que tenía que habérmelo imaginado.

Yo sabía lo que había visto, aunque me daba cuenta de que era absurdo.

¿Me estaba volviendo loca? ¿Me faltaba riego, como a mi abuela? ¿Sería hereditario?

De pronto me entró pánico. Yo siempre me había sentido muy orgullosa por cómo me funcionaba el cerebro. ¿Iba a perder mis capacidades? ¿Estaba confundiendo la realidad con delirios?

No quise insistir. Le di la razón a Matías y le dije que tal vez me lo había imaginado.

Pero no era cierto.

Y me aterraba.

6

Esa noche no dormí. Me levanté de la cama unas cinco o seis veces para ir a ver la pared de donde había descolgado el cuadro. Por supuesto, no estaba. Volvía a la cama, seguía pensando y me levantaba de nuevo. Una de las veces Matías apareció detrás de mí en el salón.

—¿Qué haces aquí? —En ese momento me sonó un poco borde.

Lo pienso ahora, desde la distancia, y es muy complicado imaginar qué es lo que debería haber dicho al encontrarse a su chica levantándose a las cuatro de la mañana para mirar una pared vacía.

Me pongo en su piel e imagino lo que tuvo que pasar esos días. Tratar de entender que tu pareja de pronto ve gente donde no la hay debe de ser muy difícil. ¿Cómo se maneja que la persona con la que vives pierda la cabeza? Supongo que lo único que él quería es que todo volviera a ser normal. Pero desgraciadamente hay momentos en la vida que hacen que no haya posibilidad de vuelta atrás.

Y este era uno de ellos.

Matías hacía lo que podía, que no era poco.

—Susana, ¿qué estás haciendo aquí? —insistió él.

No respondí nada, ¿qué podía decir? Estaba parada mirando como una tonta una pared vacía. Ni yo misma sabía qué hacía allí. ¿Mirar si el cuadro aparecía de nuevo? ¿Esperar a la chica? ¿Ver si ocurría algo? No tenía una respuesta, así que no dije nada.

—Vamos a la cama —me pidió Matías.

Asentí, miré por última vez la pared y me metí en la cama.

—¿Cómo estás? —Trató de ser cariñoso.

—No lo sé —contesté.

Y era cierto.

A ese breve diálogo lo siguió un silencio casi más incómodo que la breve conversación que habíamos mantenido. Matías se vio obligado a romperlo.

—¿Quieres que vayamos al médico?

—¿Para qué?

Él se encogió de hombros.

La madre de Matías había muerto hacía muchos años de cáncer de pulmón. Tardaron mucho en diagnosticárselo porque no era fumadora. Primero, pensaron que era un resfriado lo que le provocaba la tos; luego, que el resfriado había evolucionado a pulmonía. Cuando se quisieron dar cuenta, ya tenía metástasis y murió poco después. Aunque Matías era muy pequeño para recordar cómo fue todo el proceso, supongo que, al haber oído esa historia infinidad de veces, se le creó una especie de hipocondría hacia lo que podían tener los demás (porque solo le pasaba con los otros, no consigo mismo).

—Para estar seguros de que no es nada grave —me dijo con cautela.

Supongo que deseaba descubrir cuál era el modo correcto de poder calmar su miedo sin transmitírmelo a mí.

Realmente era inútil, yo llevaba ya todo el día aterrada.

Sentí que tenía que argumentarle algo para que no me arrastrara a un psiquiátrico.

—No me gustan los médicos. —La verdad era que como argumentación era más bien pobre, pero eran casi las cinco de la mañana y el día había sido complicado.

—Hazlo por mí —me rogó.

Yo no quería que me examinaran. Solo quería dormir (y, si acaso, levantarme de vez en cuando para ver si había pasado algo nuevo en el salón).

—Habrá sido el cansancio, o los nervios por la casa nueva. —Quise tranquilizarlo, a ver si conseguía cerrar el tema.

No fue así.

—Pero has visto algo, ¿no? —continuó él.

Había visto a una chica en mi salón, sí, pero no quería volver a decirlo. Igual, si no lo repetía durante un tiempo, podía imaginar que nada había pasado. No sabía qué quería exactamente Matías que le respondiera.

—¿Qué hacemos? —preguntó, ya bastante molesto; los comportamientos irracionales le enfadaban.

—Si dormimos un rato, seguro que mañana ya está todo bien —le tranquilicé tratando de escapar.

—¿Ya está todo bien? ¿Me lo estás diciendo en serio?

—Matías... —titubeé.

—Acabas de ver a una mujer en tu casa caminando por ahí. No una sombra borrosa: has visto a una persona. ¿Te niegas a ir al médico a que te vean y me dices que durmiendo un ratito todo estará bien?

—Matías, por favor, no te enfades.

—No me enfado —dijo él enfadado—. Pero no te entiendo. Vamos a dormir.

—No sé bien qué ha pasado. —Y busqué más un abrazo que una explicación.

—Yo tampoco. Vamos a dormir, que mañana hay que madrugar.

No hubo ni abrazo ni explicación.

Esa noche casi no dormí.

7

Al día siguiente me desperté con mucha hambre. Nos levantamos perezosamente a preparar el desayuno. Él se fue directamente a la cocina y yo me paré un momento en el salón. La pared estaba igual, sin cuadro. Todo iba bien. Sin embargo, me pareció ver algo por el rabillo del ojo.

Me giré con miedo. En el suelo del salón había un niño tumbado pintando en un folio. Pero había algo más: le rodeaba una burbuja de luz de un color más anaranjado. La burbuja provocaba la sensación de que faltaba una parte del armario, como si el chaval estuviera dentro de una esfera que cortara el mueble y la pared. Llevaba puesto un pantalón corto y una camisa y dibujaba tranquilo con lápices de colores.

El niño estaba de espaldas a mí, por lo que no podía verle la cara. Eso me dio mucho miedo.

—¿Hola? —le saludé insegura.

Había visto tantas películas de miedo que estaba esperando que en cualquier momento se convirtiera en un monstruo espeluznante, diera un salto imposible y me arrancara medio cuello de un bocado.

El niño no hizo nada, siguió con su dibujo. Di un paso hacia él.

—¡Hola! —repetí.

Él continuó ignorándome.

—¡Matías! —grité, sin perder de vista al niño.

Pero no esperé a que viniera. Caminé lentamente hacia él intentando ver qué estaba pintando. Era una especie de muñeco de palotes que cogía de la mano a otro muñeco de palotes más grande. El grande era una mujer porque tenía falda. Sin duda, debían de ser su madre y él.

—¿Quién eres? —susurré.

Cada vez me recordaba más a una película de terror.

Ya había llegado casi al sitio donde cambiaba el color de la luz. Oí a Matías entrar en el salón.

—¿Lo ves? —pregunté sin quitar la mirada del niño.

—¿A quién? —respondió inseguro.

—¿No lo ves ahí, en el suelo? —Mi angustia iba en aumento. Estaba a punto de echarme a llorar.

—¿Te está pasando otra vez?

Desesperada me giré hacia él.

—¿En serio no lo ves? —grité.

Necesitaba que me mintiera.

No lo hizo.

Negó con la cabeza deseando haber visto algo. Yo me giré hacia el niño.

Ya no estaba. Todo era como siempre. El mueble estaba entero, el salón tenía la misma luz y no había nadie más, aparte de nosotros dos.

Me desmoroné. Me senté en el sofá y rompí a llorar. Él se arrodilló justo delante de mí.

No entendía por qué tenía esas visiones ni qué querían decir. No sabía qué debía hacer. Necesitaba respuestas.

—¿Qué me está pasando? —balbuceé.

—¿Has vuelto a ver a la señora? —Matías trataba de entender qué había pasado antes de meter la pata.

—A un niño —le aclaré.

—¿Un niño? ¿Cómo era?

Le grité como nunca lo había hecho antes.

—¡Un niño! ¡Yo qué sé, un niño! ¿Qué más da? —Y me levanté del sofá. No estaba cómoda en ninguna parte—. Joder, ¿qué me pasa?

No suelo gritar ni decir palabrotas. Ni ver niños fantasma dibujando en el suelo de mi salón.

Demasiadas cosas distintas. Al menos para mí.

Matías se levantó también. Recuerdo que estaba tratando de buscar una frase que pudiera calmarme. Sé que hubiera dado un brazo por encontrarla. Por suerte, no lo hizo.

—¿Hablan contigo? ¿Te dicen algo? —preguntó.

Esa era la clave. No me hablaban, no decían nada, ni siquiera me miraban. Igual no sabían que estaba ahí. Era como si hubiera otra realidad en la casa y estuviese habitada también por una familia con un gusto espantoso para los cuadros y que además no sabía que vivíamos entre las mismas paredes.

—No, ni siquiera me miran, pero no es normal —respondí sin dejar de dar vueltas por la habitación.

—No, claro que no es normal —me dio la razón.

Se sentó en el sofá. Imagino que se dio cuenta de que perseguirme por el salón no era el mejor modo de calmarme.

Me acerqué al sitio donde había visto al niño dibujando. Todo seguía igual, con nuestros muebles y nuestro armario entero.

—¿Por qué veo gente que no está? —le pregunté, aun sabiendo que Matías no tenía esa respuesta.

Él se quedó pensativo. Me sugirió que fuéramos a urgencias. El niño no había sacado grandes dientes ni me había seccionado la yugular. Solo estaba ahí dibujando. La chica colgó un cuadro (feo, eso sí) que desapareció con ella. No podía hacer nada al respecto.

Así que le dije que no y lo besé. Él me ignoró.

—Desayunamos algo rápido y vamos al médico.

Lo dijo tan serio que me di cuenta de que no iba a servir de nada discutir.

Asentí.

Mientras me cambiaba, le dije que igual era la casa. ¿Por qué no? Ahora mismo no teníamos una explicación mejor, ni peor, y mucho mejor que fuera culpa de la casa que de mi cerebro.

¿La casa intentaba decirme algo?

¿Por qué mi abuela no me había contado que la casa le hablaba?

Quizá solo trataba de comunicarse conmigo; por eso Matías no lo veía y por eso mi abuela nunca dijo nada.

Eso me llevaba a lo más importante.

¿Cómo se habla con una casa?

Fuimos a urgencias y nos asignaron a un neurólogo. Para alguien como yo, que hasta ese momento nunca había ido a un neurólogo, el hecho de que me enviaran a uno fue aterrador. Es difícil aceptar que te recomienden ir al psicólogo, incluso al psiquiatra, así que, cuando te hacen ir al neurólogo directamente, te tiemblan las rodillas.

Resultó que el neurólogo era una especie de funcionario con pinta de aburrido. Como si estuviera hastiado de que le contasen las historias más raras.

Yo le expliqué lo que me había pasado. Era la segunda vez que lo verbalizaba y me sentí igual de tonta que cuando se lo conté al médico de urgencias. Supongo que mi historia era muy corta y no tenía un final satisfactorio. Simplemente era algo así: «He visto a una chica en mi casa y luego a un niño, y luego no estaba ninguno de los dos». Como lo había narrado ya dos veces, me pareció que no había nada interesante en mi relato. Parecía la típica cosa que si dejas pasar se queda en, apenas, una anécdota para contar a los amigos en una cena en casa.

El neurólogo me escuchó sin mostrar demasiado entusiasmo, como si le estuviese diciendo que había comido demasiado en un restaurante mexicano y tenía un poco de ardor. Me preguntó si tenía mucho estrés, si había experimentado algún cambio importante en mi vida, si había antecedentes de enfermedad mental en mi familia, si consumía drogas y otras cuestiones por el estilo. No me dio ninguna solución, solo me dijo que necesitaba hacerme unas pruebas y que, cuando las tuviera, regresara a la consulta.

Antes de que me pudiera dar cuenta, me encontré de nuevo en la sala de espera con un puñado de volantes en la mano.

Me sacaron sangre, tuve que orinar en un botecito y me hicieron pruebas de reflejos y de oído. Finalmente, entré en una sala para una resonancia magnética.

Estar dentro de ese tubo es incómodo y claustrofóbico, pero, después de tantos nervios e incertidumbre, el ruido de la máquina me relajó. Creo que me dormí un poco.

Cuando terminaron los ruidos, la especie de camilla en la que estaba se movió y me encontré fuera del aparato. Enseguida se abrió una puerta y entró una enfermera.

—Puede vestirse —me dijo como si cada segundo que yo pasara en ese cuarto le hiciera perder un bonus de productividad.

—¿Qué tal ha salido? —pregunté yo.

Como he dicho antes, era novata en el mundo de las resonancias. Cuando entré, vi a dos personas en un cuartito delante de un monitor de ordenador, muy atentas, metiendo datos y comentando entre ellas las cosas que veían en la pantalla, así que supuse que, con su experiencia, sabrían si más o menos estaba todo correcto.

—Hasta dentro de una semana no saldrán los resultados. —Y me indicó con una mano la dirección del pequeño cuarto de menos de dos metros cuadrados donde me habían hecho desvestirme y de donde había cogido la absurda bata que llevaba.

—¿No tienen una primera idea de cómo...?

—Le vamos a enviar los resultados a su neurólogo para que los estudie. Más o menos en una semana le darán una nueva cita con él. Cuando se vista, por favor, salga por la otra puerta —me señaló la enfermera muy educada, prácticamente sin dejar que se notara el nerviosismo que yo le causaba.

El mensaje me llegó directo y claro. No dije nada más y me fui al cuartito a recuperar mi ropa antes de que el departamento perdiera su ritmo y se enfrentara a no sé qué terrible destino.

Espero que la hicieran empleada del mes. Se lo merecía.

8

La imagen me vino de golpe mientras dormía.

Me levanté rápidamente. Supongo que todo el ajetreo despertó a Matías, porque de pronto me di cuenta de que me estaba siguiendo.

—¿Dónde vas?

No respondí. Fui al cuarto donde amontonábamos las cajas y abrí una tras otra.

—¿Qué estás buscando? —quiso saber mientras yo sacaba fuera del cuarto una caja que ya había desechado.

No me hizo falta responderle. Encontré la caja donde había metido el antiguo álbum de fotos, lo tiré al suelo, me senté y pasé sus páginas.

—Lo he visto antes —le solté a Matías.

Yo creo que estaba a punto de llamar al teléfono de emergencias cuando di con lo que buscaba.

En una antigua foto en blanco y negro se veía a una familia en la puerta de una iglesia. En una esquina, casi tapado por las faldas de una mujer, había un niño con un papel en la mano. En el papel estaba el dibujo de la madre y el niño de palotes.

—¡Es este! —le señalé a Matías.

Me acerqué el álbum a la cara para verlo mejor. Estaba segura.

—El dibujo que estaba haciendo el niño es este —repetí para mí misma.

Matías permanecía detrás de mí en silencio y mirando lo que hacía. Creo que no quería alimentar mi, según su manera de verlo, desequilibrio.

—¿Quién será? No reconozco a nadie. —Sabía que en ese instante nadie me iba a responder.

Matías cogió el álbum, sacó la foto y le dio la vuelta. En el reverso, escrito en tinta, ponía «Madrid» y una fecha que no se entendía bien. Matías hizo una foto con el móvil y luego subió el contraste de la imagen. Yo lo miraba atentamente, como si estuviera haciendo una demostración de física nuclear en el suelo del cuarto.

—La foto tiene cincuenta y ocho años —concluyó Matías.

¡Lo que me ponía cuando era así de resolutivo!

Igual era que solo quería terminar con esto y volver a dormir, pero me daba igual; estaba ahí conmigo, ayudándome, y eso para mí era lo importante.

—¿Cuántos años puede tener el niño en la foto? —le pregunté.

—Entre seis y diez, no sé. Se me da fatal calcular la edad de los niños —respondió sin ganas; estaba claro que no se sentía cómodo con lo que estaba pasando.

Yo seguí mirando el álbum para ver si el muchacho salía en alguna otra foto que nos pudiera dar más pistas acerca de quién podría ser. Pero con lo que me topé fue con la imagen de una mujer que podría ser la misma que colgó el cuadro.

Cuatro mujeres de entre treinta y cuarenta años posaban emperifolladas, como si estuvieran en una boda. La segunda por la derecha tenía el mismo pelo que la chica que había visto por casa.

Le enseñé la foto a Matías, que no tuvo que volver a hacer alquimia: la fecha se leía perfectamente. Estaba hecha el mismo año que la foto anterior.

—¿Podría ser tu abuela? —conjeturó Matías.

—Sí, podría ser mi abuela. Vivi nunca me enseñó fotos suyas ni de nadie de la familia. Mientras viví con ella, no me mostró jamás este álbum —le confesé.

—¿Y no puede ser que vieras las fotos mientras recogías el salón y, de alguna manera, te hayas imaginado que los veías aquí? —me interrogó y agredió de nuevo a mi maltrecho ego después de la resonancia y la visita al médico.

Odio que me tomen por loca, y más cuando me toman por loca de modo literal.

Lo miré confusa, no porque no le hubiera entendido, sino porque necesitaba procesar lo que me estaba pasando.

Matías se vio obligado a profundizar más en su teoría.

—No sé, es solo una idea. Igual te sientes culpable por vivir en casa de tu abuela mientras ella está en la residencia.

Quizá solo te hayas imaginado a los antiguos habitantes de la casa.

De pronto Matías había soltado algo que tenía sentido. No era tan descabellado que la visión rápida de esas fotografías y mi remordimiento estuvieran provocando en mí esas extrañas apariciones.

No tenía respuesta a eso. No tenía respuesta a nada.

Solo tenía unas fotos.

—Yo me voy a la cama. ¿Vienes o te quedas? —me preguntó.

—Me gustaría ver si hay más fotos de ellos en el álbum y logro descubrir quiénes son. Si quieres vete a la cama.

Asintió y se fue.

Me hubiera gustado que se quedara, pero no siempre puedes tener todo lo que quieres.

Aunque no estaría nada mal.

Revisé el álbum concienzudamente buscando más fotos de la chica o del niño. No quedó una esquina sin mirar, ni un personaje por escrutar.

Tras darle tres vueltas enteras, decidí que ya no iba a encontrar más.

Y me fui a la cama.

Había localizado tres fotos más de la chica y ninguna del niño.

Esa noche dormí del tirón.

9

Estamos muy contentos, Vivi —le dije a mi abuela—. Hemos encontrado muchas cosas que andaban perdidas por los armarios.

Quería estar a solas con mi abuela, así que le pedí a Matías que ese domingo no viniera conmigo. A él no le hizo demasiada gracia, pues le encantaban las visitas a Vivi. En cierto modo, eran los dos igual de niños y les encantaba hablar de tonterías y contarse chistes guarros. Matías me había dicho muchas veces que, si no estuviera conmigo, le gustaría estar con mi abuela. Yo le decía que daba un paso atrás y le dejaba el camino libre, y él reculaba y me decía que no me cambiaría por nadie.

Me gustaba mucho verlos juntos, pero ese día y con lo que había pasado prefería hablar sola con ella, sin distracciones.

Hacía sol, aunque no calentaba demasiado. Vivi se había puesto una rebeca y nos habíamos sentado en un banco del jardín de la residencia.

—¿Habéis dormido ya en el piso? —preguntó ella feliz.

Yo intenté introducir el tema como quien no quiere la cosa.

—Sí, y se duerme muy bien. Mira lo que hemos encontrado, ¿quieres verlo? —le propuse.

Ella no acusó de ningún modo mi pregunta. Continuó con su propio diálogo.

—¿A que no hay ningún ruido por la mañana?

Me iba a costar que se centrara. Saqué el álbum de una bolsa, lo abrí por la página donde estaba la foto del niño y se lo puse delante a mi abuela.

—Mira, Vivi, ¿quién es este? —Y le señalé con el dedo al niño.

Ella continuó con su feliz monólogo, ajena a mis movimientos.

—A mí me gustaba mucho quedarme en la cama y escuchar cómo las vigas crujían. Era como estar en un barco. —Me miró con esos ojos perdidos, pero con una gran sonrisa.

Mi abuela adoraba su casa, sin duda, pero no le estaba haciendo ningún caso al álbum. Se lo acerqué un poco más.

—¿Has dormido alguna vez en un barco? Cuando yo vivía en Francia, uno de mis vecinos tenía uno. A veces en verano dormíamos en él. —Vivi seguía, y seguía, y seguía.

Yo trataba de que mi abuela se fijara en el álbum, le ponía el dedo en la foto que quería que mirara. Ella iba ligando una idea con otra.

—Pero solo éramos amigos, ¿eh? Cada uno dormía en una borda.

De pronto, se quedó parada mirando el álbum. Sin cogerlo, puso un dedo sobre el niño.

—Qué pequeño —dijo.

¡Había conseguido atraer su atención! Ahora quedaba lo más difícil: que hablara sin que se despistase.

—¿Le conoces?

—Claro.

—¿Quién es? —la interrogué con interés.

—Juan —respondió sin darle importancia, como si fuera una obviedad.

Y, de pronto, para mí lo fue. No entendía cómo no había caído antes, estaba clarísimo. Esos ojos traviesos, la boca con las comisuras hacia abajo, las cejas…

Repetí para mí misma sin poder quitar la mirada de la foto.

—Mi padre.

Vivi me quitó el álbum y pasó las hojas alegremente mientras charloteaba.

—Claro, ¿qué otro Juan podría ser? Mira qué guapa estaba. ¿A que nos damos un aire, tú y yo?

Por supuesto, se había parado en una de las fotos de la chica del cuadro.

De algún modo, el espíritu de mi abuela y el de mi padre estaban en la casa. No podían ser fantasmas, porque mi abuela no estaba muerta.

¿Qué eran?

¿Qué significaba todo eso?

¿Tenía que entender algún tipo de mensaje?

—Sigues estando guapísima —le dije. Aunque era verdad, lo dije por decir, porque mi cabeza no paraba de dar vueltas.

Ella no lo oyó. Las fotos la habían transportado a otra época. Las miraba una a una y hacía pequeños gestos de alegría, tristeza, incluso un pequeño amago de enfado en una de ellas, mientras pasaba la mano por encima de las imágenes.

Abrí la bolsa grande y saqué el cuadro.

—Mira, Vivi.

Ella no reaccionaba, estaba en otro tiempo, en aquel atrapado entre las páginas del álbum.

—¡Vivi!

Mi voz la sacó de allí. Se quedó mirando el cuadro unos segundos, como reconociéndolo.

—Justo esta mañana he visto uno igual delante del economato. —Acercó la mano a la pintura, pero sin atreverse a tocarlo—. En el salón me quedaría... ¿Lo has comprado?

Mi abuela estaba parte dentro del álbum y parte fuera, conmigo.

Me dolía mucho cuando mi abuela no era mi abuela.

O cuando se iba.

Pero una parte seguía conmigo. Intenté sonreír.

—Sí, para ti, para que lo pongas en tu habitación —le dije.

La cara de Vivi se iluminó. Por fin se atrevió a coger el cuadro.

—¿Qué te parece si lo pongo en la pared de delante de la ventana? Así lo podrán ver los enfermeros cuando pasen por el pasillo —me consultó con la cara radiante.

Era casi como una niña.

—Esto no es un hospital, no son enfermeros, Vivi, son cuidadores —le expliqué por quincuagésima vez.

Sabía que era inútil, pero me resistía a dejarla creer que estaba en un hospital.

Los hospitales son tristes.

La residencia no.

—Da igual, lo que sean, pero seguro que les gusta —zanjó ella sin perder la alegría.

—¿Y a tus compañeros no?

—¿Quiénes, los viejos? Esos no se dan cuenta de nada.

Me reí.

—Quedará fantástico en esa pared, Vivi; luego lo colgamos.

Y efectivamente lo hice.

Ese cuadro estuvo en la habitación de mi abuela hasta que ella murió.

10

El día que conocí a mi abuelo yo estaba en el sofá tratando de bucear entre las páginas de *El rey pálido* mientras oía de fondo a Matías tocando la guitarra.

Aunque me tranquilizó mucho el hecho de que las visiones fueran de mi abuela y de mi padre, no podía dejar de darle vueltas a eso mismo. ¿Qué estarían diciéndome esas apariciones? Se supone que los fantasmas son los espíritus de los difuntos que no han podido pasar al siguiente estado, con lo que no eran fantasmas, al menos el de mi abuela. Ninguno debía de serlo, pues ya sería mala suerte tener dos tipos distintos de espectros en la misma casa, ¿no?

Mi padre hacía ya algunos años que había muerto. El hecho de haberle visto de pequeño y a mi abuela de joven podría ser la clave, pero ¿la clave de qué?

¿Y el cuadro? ¿Qué pintaba el cuadro en todo esto? Lo había examinado centímetro a centímetro antes de dárselo a

Vivi. Lo había abierto por detrás, por si hubiera escondido algún mensaje. Había revisado el marco por dentro y por fuera. Nada.

¿Qué tenía que hacer?

Por ahora, relajarme. Tumbarme en el sofá y leer, pero no era fácil.

Aun así, lo intentaba, aunque estar con un libro abierto delante sin hacerle ningún caso no era exactamente leer.

Matías entró en el salón con su guitarra en la espalda. Caminaba despacio, aparentando ser el rockero que le daba miedo ser.

—¿Hoy no se cena?

Estaba tan ocupada relajándome y tratando de no pensar en lo que me estaba ocurriendo que se me había pasado por completo hacer la cena.

—Perdona, se me ha ido el santo al cielo. ¿Preparo unas hamburguesas? —pregunté bajando el libro que no estaba leyendo.

—Venga. ¿Te ayudo? —Eso quería decir que tenía hambre y deseaba cenar cuanto antes.

Miré el reloj, efectivamente era un poco más tarde de nuestra hora habitual.

Pero no me apetecía nada levantarme del sofá.

—También podrías hacerlas tú.

—Sí, claro. ¿Tú crees que te vas a quedar todo el día ahí tirada mientras yo hago tu trabajo? —respondió él inmisericorde.

¿Mi trabajo? ¿Matías pensaba realmente eso o me estaba haciendo rabiar? Se lo planteé.

—¿Hacer la cena es mi trabajo?

—Es que cocinas mucho mejor que yo —argumentó.

Los dos sabíamos que eso era mentira, pero para qué discutir.

—Termino la página y voy —dije y volví a levantar el libro.

Matías se descolgó la guitarra muy despacio. Me miró serio y, de un salto, se tiró encima de mí.

—O mueves el culo o no pienso quitarme de encima de ti—me dijo mientras hacía como que me aplastaba.

Yo reía y le pegaba. Hay que admitir que conseguía sacarme de mi tontería interior. Debería haber un Matías en cada casa.

Finalmente me rendí.

—¡Me rindo!

Él consiguió tirarme del sofá.

—¡Mujer, a la cocina! —ordenó.

Yo me levanté, me coloqué la ropa y el pelo y lo miré desafiante.

—Después de usted.

Él sonrió y se encaminó hacia la cocina. De pronto, un escalofrío me recorrió la espalda. Algo se movía a mi lado.

Mi abuela, con unos treinta años o así, estaba en un lado del salón con unas sábanas en la mano. Se metió hacia nuestro dormitorio.

—¡Matías! —llamé, pero no pude esperar a ver si me había oído o no; seguí a mi abuela.

Cuando estaba ya enfilando el pasillo hacia el dormitorio, oí a Matías a mi espalda.

—Dime.

—La estoy viendo —le dije sin mirarlo. No quería perderla de vista.

—¿A quién?

No oía los pasos de mi abuela, pero lo cierto era que en la parte en la que estaba ella había más luz que en la que estaba yo. Parecía que estuviera en otra hora del día.

Sabía que Matías estaba a mi espalda, pero no podía hacerle caso.

—¿Susana?

No presté atención. Aunque sabía que yo no la oía, probé si ella me oía a mí.

—¿Hola? —dije con timidez. Ella continuó caminando y yo probé más fuerte—: ¡Hola!

Nada.

Y al entrar en la habitación fue cuando lo vi por primera vez y, la verdad, no me pareció para nada mal.

Mi abuelo estaba al otro lado de la cama. Tendría treinta y cinco años o por ahí, pero trabajados. Tenía la piel dura, como si se dedicara a la construcción, o a la agricultura, o a cualquier cosa que le hiciese estar todo el día al sol. Tenía arrugas marcadas en los ojos y en las comisuras de los labios. Los ojos eran azules, muy bonitos, y destacaban el doble en esa cara curtida. Y sonreía.

Mi abuela dejó las sábanas en un aparador que nosotros no teníamos y le pasó la punta de la bajera a él. ¡Iban a hacer la cama juntos!

—¿Qué ves? —preguntó Matías junto a mi nuca.

Yo no había pasado de la puerta.

¿Qué veía?

Veía una habitación muy parecida a la nuestra. Las paredes estaban en los mismos sitios; bueno, casi todas. Donde nosotros teníamos la entrada al baño en la visión era una pared; supongo que en algún momento posterior (y anterior a que yo tuviera uso de razón) abrieron una puerta ahí. La cama era algo más aparatosa, con cabecero de madera. Las mesillas, de dos maderas distintas. No había ningún libro, solo una lámpara grande en cada una. En la pared del baño había una cómoda de cinco cajones.

Pensé que no era mala idea poner ahí una cómoda. Luego supongo que me olvidé de este detalle, o no sé qué pasaría, pero nunca llegó a haber una.

Veía que la pared del fondo seguía siendo del mismo color que nuestra habitación, que tenía nuestros muebles. Supuse que la visión no llegaba hasta allí.

Veía a una pareja que se quería, que se reía, que jugaba. Veía a mi abuela tirar de la punta de la sábana cuando mi abuelo iba a cogerla, para alejarla de él, que la miraba, conteniéndose, y ponía la mano para que volviera a pasársela. Ella lo hacía y el juego se repetía. Veía cómo mi abuelo saltaba para agarrarla, pero como no la alcanzaba, se quedaba tirado en la cama. Mi abuela trataba de echarle, pero él se hacía el remolón. Los dos reían.

Eso veía, pero solo acerté a decir:

—Creo que es mi abuelo.

—¿Cómo sabes que es tu abuelo?

La respuesta era obvia.

—Está haciendo la cama con mi abuela.

Mi abuelo por fin se puso en pie. Cogió el extremo de la sábana y la metió por una esquina.

—Pero ¿haciendo o deshaciendo? —preguntó Matías.

Yo seguí sin mirarlo.

—Haciendo —respondí.

—¿Y por qué sonríes tanto?

Y me giré para mirarlo. Matías parecía más preocupado que contento.

—Es la primera vez que veo a mi abuelo —le confesé radiante.

De pronto una pesadilla se había convertido en una bendición. ¿Cuántas personas no se hubiesen cambiado por mí en ese momento? Me había sido dado el don de poder ver a mis familiares en el pasado. Daba igual que estuvieran muertos o vivos. Yo los veía.

Giré la cabeza para verlos otra vez, pero ellos ya no estaban allí.

—Ya se han ido —dije y me di la vuelta para regresar al salón.

Matías me paró.

—¿Estás segura de que los has visto?

Estaba segura de que había visto a dos personas que se querían; si estaban allí o los había fabricado con mi cabeza era lo que no sabía responder.

Aun así, lo intenté.

—Los he visto a los dos, claramente. Estaban ahí. Tenían un aparador aquí y la cama estaba igual que la tenemos nosotros, pero con una colcha bordada con unas cosas moradas —le describí.

Cuanto más explicaba, más se ensombrecía la cara de Matías.

—¿No me crees? —pregunté.

—Yo estaba aquí y no he visto nada —me dijo.

Podía sentir perfectamente la impotencia de Matías. Notaba que quería creerme, pero no era capaz. Sufría porque no conseguía encontrar una explicación que no fuera que yo estaba perdiendo la cabeza.

Lo que me estaba ocurriendo era tan extraordinario que no me di cuenta de su angustia. Pensándolo bien, me hubiese gustado decir que lo sentía, pero lo único que tenía en la cabeza era lo que me acababa de pasar.

—A lo mejor solo puedo verlos yo porque en realidad está todo en mi cabeza. ¿Qué quieres que te diga?

Pero eso no le tranquilizó.

A pesar de la incredulidad de Matías, en ese momento consideré que había sido un magnífico día. Había hecho las paces con las visiones y había conocido a mi abuelo.

11

Nunca se habló de mi abuelo en mi casa. Poco antes de que mi padre muriera en el accidente, una vez intenté preguntarle, pero él me aconsejó que dejara el tema y que no se me ocurriera interrogar a Vivi.

Eso, dicho a una preadolescente, suele ser casi una zanahoria delante de la nariz. Curiosamente, mi escaso instinto me habló y me dijo que quizá fuera mejor, por una vez, hacerle caso a mi padre. De ese modo, crecí imaginando todo tipo de escenarios posibles. El más obvio fue que mi abuelo nunca había existido, que mi abuela, en su descuidada juventud, se había quedado embarazada de alguien que pasó por su vida pero no se quedó.

Dediqué horas y horas a fantasear sobre mil escenarios románticos y menos románticos. Imaginé encuentros durante el exilio en Francia. Ella llegó huyendo del fascismo; él era pintor o panadero (ya se sabe, las cosas que suelen ser los franceses), y una cosa llevó a la otra...

Había malgastado casi toda mi adolescencia en imaginar películas. Y en un minuto, en apenas una visión, todo se fue por la borda.

Mi abuelo existía. Y quería a mi abuela. Y bromeaban juntos. Y hacían la cama, con lo que entiendo que era un adelantado a su tiempo, porque yo no había conseguido aún que Matías hiciera lo mismo (él argumentaba que siempre se levantaba antes que yo y, cuando le preguntaba por los fines de semana, explicaba que había trabajado mucho durante los días laborables).

¿Por qué no habían permanecido juntos?

Qué inocente era. Si no estaban juntos sería por algo, pero todavía no tenía la información suficiente, así que decidí que la misión que la casa me estaba encomendando era volver a juntar a mis abuelos.

Necesitaba darle una explicación a lo que me estaba pasando y, siguiendo paso a paso lo que había sucedido hasta entonces, esa era la consecuencia lógica.

Que nadie me juzgue, no había maldad en lo que hacía.

Tenía que elaborar un plan y enterarme de qué había pasado realmente, pero no podía preguntarle a mi abuela.

En primer lugar, porque tal como tenía la cabeza, podía pensar que le estaba hablando desde el pasado, o que estaba todavía con él, o que acababan de romper, o qué sé yo. No pensaba arriesgarme a que Vivi lo pasara mal por eso. La idea era arreglar algo, no romperlo más.

En segundo, porque le dije a mi padre que no iba a preguntar. Y las promesas se cumplen, sobre todo si son a un padre muerto. Punto.

Así que tenía que enterarme de lo que había ocurrido de otro modo.

Me puse inmediatamente a buscar cualquier papel que pudiera haber por la casa relacionado con mi abuelo. Busqué en cajones, armarios y carpetas. Como buen misterio que se precie, no se podía revelar tan fácilmente, así que no encontré nada. En algún momento después de que mi abuelo dejara esta casa, mi abuela debió de hacer una concienzuda limpieza para borrar todo rastro de él.

Entonces pensé en pedirle ayuda a Matías. Como él trabajaba en una asesoría, tenía acceso a contenido de archivos públicos, con lo que podía tratar de rastrear a mi abuelo. Una vez que lo encontráramos, ya decidiríamos cuál debía ser el siguiente paso; lo primordial era localizarlo.

Pero Matías no quería ayudarme; me dijo que no iba a descuidar su trabajo para ponerse a jugar a los detectives. Supongo que lo que no quería era darle alas a mi locura. Él pensaba (creo yo) que algo no estaba funcionando bien en mi cabeza y que por eso estaba viendo familiares del pasado en nuestra casa nueva, así que veía contraproducente colaborar conmigo. Le planteé que, si no me echaba una mano, yo iría al registro y adonde fuera necesario, pero que necesitaba saber dónde estaba mi abuelo.

Supongo que entonces, según su lógica, pensó que era mejor tenerme tranquila y centrada que dando vueltas por Madrid tratando de conseguir información en los organismos públicos y metiéndome en problemas. No sé si ya me imaginaba vestida con harapos y empujando un carrito de la compra con basura mientras buscaba el paradero de mi abuelo.

No sé con qué fantaseó, pero tras apenas tres minutos de conversación me dijo que me ayudaría y que la semana siguiente, o como mucho la otra, tendría alguna información.

Como ya no tenía que ir a por ningún carrito de la compra para meter mis basuras, decidí ir a ver a Vivi para enterarme de algo más y perfilar mejor mi plan.

Me presenté en la residencia a media mañana y, aprovechando que hacía un día realmente bueno, la convencí para que paseáramos un rato por el pequeño parque que había en la parte de atrás del edificio.

No sabía muy bien cómo afrontar el tema, así que decidí hablarle de la casa y de sus cosas.

—Lo estoy dejando todo en un trastero; así si quieres algo, lo tenemos a mano.

Ella ya me había dicho que no quería nada y que, si algo no me gustaba, lo tirara sin ningún tipo de remordimiento.

—Son solo cosas, Susi, no necesito nada —me respondió una vez más.

Supongo que a esas alturas ella pensaba que era yo la que tenía falta de riego.

—No me llames Susi.

Ella me sonrió. No entendí si lo hacía por hacerme rabiar o si me llamaba Susi porque yo le repetía las cosas veinte veces. Era un modo de pedir tregua.

—Si quisiera algo de esa casa, me lo habría traído —continuó ella.

Decidí que podía probar un tímido ataque, a ver cómo reaccionaba.

—¿Por qué no quieres nada de la casa? Me da la sensación de que, desde que has salido de allí, la rechazas. ¿Te pasa algo con ella?

—¡Qué va! Ahí viví casi toda mi vida, pero ahora te toca a ti y tienes que disfrutarla. ¿Te pasa a ti algo con la casa? —contraatacó.

¡Me había pillado! Daba igual que fuera una anciana, que tuviera falta de riego y todas esas cosas; mi abuela me daba mil vueltas.

Cambié de estrategia.

—Vivi, cuando vivías allí, ¿notaste algo raro? —pregunté como si nada.

Ella paró su paseo y me miró. Creí que había conseguido algo, aunque pequeño.

—¿Algo como qué?

—Raro, no sé... —le dije moviendo un poco las manos. La verdad es que representar «raro» con las manos es complicado, así que dejé de moverlas—. Raro.

Ella me miró unos segundos, supongo que evaluando qué sabía yo. Esto empezaba a parecer un duelo.

Vivi empezó a andar de nuevo.

—Como no te refieras al fantasma… —soltó sin inmutarse.

Esta vez fui yo la que se paró. ¿Vivi también había sufrido apariciones? Pero ella había hablado de un fantasma. Yo había visto a tres personas, pero ella decía «fantasma», en singular.

¿O me estaba tomando el pelo? A lo mejor había notado que estaba tirándole de la lengua y ahora me la estaba devolviendo. Mi abuela nunca había sido rencorosa, aunque sí le gustaba gastarme bromas. Pero lo había dicho con demasiada tranquilidad, sin remarcar nada.

Y eso era lo extraño.

Por lo que me decanté por una tercera opción: mi abuela pensaba realmente que había un fantasma en la casa. O lo había pensado en algún momento de su vida y creía que ahora era ese momento.

O había un fantasma.

Al fin y al cabo, si yo veía a familiares en el pasado, ¿por qué ella no iba a poder ver un fantasma?

Qué fácil es juzgar a los demás.

—Susana, no te pares, que pierdo ritmo —me dijo unos metros más adelante.

La alcancé.

—Es bueno, no te preocupes por él. Lleva en casa desde que yo era niña —continuó con tranquilidad.

—¿De qué estás hablando? —le pregunté con seriedad.

—Nada, nada... Será el edificio, que está viejo.

Seguro que había notado mi desconcierto y había decidido refugiarse dentro de ella misma.

—Vivi...

Pero Vivi ya había cerrado la persiana.

—El edificio, muy viejo..., como yo —susurró.

—Vivi, tú no estás vieja.

—Claro que no. ¿De qué estás hablando? —Sonrió.

Vivi se había puesto la máscara y ya no iba a quitársela en todo el día. Solo quedaba disfrutar de estar con ella.

Seguimos caminando.

—Te quiero —se me escapó de pronto.

—Pues claro.

Así era mi abuela.

12

Una de las buenas costumbres que teníamos Matías y yo era la de tratar de sacar tiempo para nosotros, aunque estuviéramos trabajando.

Ayudaba mucho el hecho de que entre su asesoría y El Extranjero hubiera menos de quince minutos andando.

Matías había comprado yakisoba y unos niguiris, había ido a recogerme a la librería y nos habíamos ido al parque a comer mientras revisábamos algunos documentos que había sacado de los registros.

En mis manos tenía el registro del fallecimiento de mi abuelo.

—Murió cuando tu padre tenía unos seis años o así —me informó Matías mientras yo intentaba descifrar los documentos.

—¿De qué? —pregunté.

—No consta. Hay muy poca documentación. —Me acercó otro documento—. Solo que en ese año se inscribió el fallecimiento, pero nada más.

—Qué raro —pensé yo, o lo dije, o las dos cosas.

—Sí, porque suele venir el certificado firmado por el médico, o por el forense si fuera algo violento, pero no consta nada —continuó Matías mostrándome otros papeles.

Esto era más extraño aún. ¿Habría tenido un accidente? No parecía probable, porque si fuera así habría pruebas. ¿Habría sido una muerte simulada?

Lo más extraño era que a mí nadie me dijo que mi abuelo hubiese muerto. Era como si mi abuela siempre hubiese estado sola y mi abuelo no hubiese existido. ¿Por qué? A todo el mundo se le mueren abuelos, no tiene nada de raro, no había por qué ocultar su existencia.

Esto empezaba a parecer un misterio de novela.

Pero no solucionaba la duda de por qué tenía esas visiones. ¿Qué tenía que hacer yo con todo eso?

¿Por qué yo?

Le pregunté a Matías, aunque sabía que él no tenía las respuestas, pero no quería quedarme las preguntas dentro.

—¿Por qué tengo estas visiones? ¿Qué significan?

Matías negó con la cabeza y me pasó la bandeja de niguiris. Estaba claro que él no iba a colaborar más allá de conseguirme los papeles de mi abuelo. Me sentí muy triste por esa actitud; no comprendía que me dejara sola en ese momento tan especial de mi vida. Le miré comer yakisoba y me sentí muy lejos de él. Por supuesto que le seguía queriendo, pero no me entraba en la cabeza no poder compartir todas mis cosas con él. No era mi idea de relación.

Cogí un niguiri de pez mantequilla con la mano y lo mojé en la salsa de soja.

A lo mejor las visiones no significaban nada y me estaba complicando la vida.

Hasta entonces había tenido tres, pero no sabía si iba a volver a ocurrir. Había conocido a mi abuelo y había visto a mi padre de pequeño y a mi abuela cuando tenía mi edad. Igual habían sido episodios aislados y ya había terminado todo. O quizá seguiría viendo a mi familia en distintos momentos de su historia.

Si volvía a tener alguna visión, iba a procurar disfrutarla.

Entonces decidí que iba a tratar de hacer una cronología de mi familia con lo que viera. Mi intención era describir la casa en cada momento, cómo iba creciendo mi padre y envejeciendo mi abuela. También ver si descubría qué había pasado con mi abuelo o si tuvieron una mascota alguna vez.

Quería convertirme en la cronista de la familia.

O igual solo en la orgullosa poseedora de un cuaderno. En breve lo sabríamos.

13

Y por fin nos dieron cita para que el neurólogo nos explicara los resultados de las pruebas.

Matías fue a recogerme a la librería por la mañana y fuimos juntos en el metro. A Santiago y a Max les dije que tenía que ir al médico sin especificar nada más al margen de que no era grave.

Estaba nerviosa, como si me fueran a dar las notas de un examen en el que, a pesar de no haber estudiado, había respondido a todas las preguntas. No tenía ni idea de qué me iban a decir.

Existe tanto prejuicio respecto a las enfermedades mentales que da pánico que te vinculen con el club. ¿Cómo lo explicas en el trabajo o a los amigos? ¿Cómo te presentas diciendo: «Hola, tengo una enfermedad mental» O peor aún, ¿te callas esperando que nadie sepa nunca que eres una demente?

Se me hizo muy largo el recorrido, a pesar de que eran solo siete paradas.

Cuando llegamos, nos sentamos en la sala de espera y a los pocos minutos nos hicieron pasar. Supongo que por falta de costumbre, o porque iba preparada para lo peor, no me hizo ninguna gracia. Ese día necesitaba la normalidad de esperar media hora y de ser llamada sin ganas por una enfermera sobreexplotada.

Pero la chica que salió fue simpática.

Eso tampoco me gustó. Seguro que eran mala noticias.

Cuando nos sentamos, el neurólogo nos saludó con su actitud funcionarial de la vez anterior y con algunos papeles en la mano.

Enseguida nos dijo que en la resonancia no se veía nada extraño. Que no había indicios de pequeños cuerpos ni sangrados.

No había nada.

Matías y yo nos miramos aliviados. Cogí los informes del doctor, que me señaló un párrafo que el común de los mortales podíamos entender. Efectivamente, no había nada.

Pero ¿eso era bueno o malo?

¿Cómo se explicaba entonces lo que me estaba ocurriendo?

Se lo pregunté al doctor.

—¿Cómo es posible entonces que tenga esas visiones?

Matías no había abierto la boca, solo escuchaba.

—Las visiones de ese tipo suelen estar asociadas a trastornos de esquizofrenia —me dijo el doctor sin dejar de mirar la pantalla de su ordenador.

¡¡Esquizofrenia!! No sabía exactamente qué era, pero sonaba a enfermedad de esas en las que te recluyen en un hospital con gente con pijama blanco y Jack Nicholson.

Definitivamente era el tipo de cosas de las que no querrías que los vecinos se enterasen.

—¿Esquizofrenia? —balbuceé.

Por fin el médico me miró.

—Pero no tiene ningún otro síntoma que nos lleve a sospechar un cuadro de ese tipo —aclaró él; luego intentó, con un amago de sonrisa, tranquilizarme—: ¿Tiene algún familiar con antecedentes de esquizofrenia?

—Que yo sepa, no —respondí aterrada.

La verdad era que no sabía qué enfermedades tuvieron mis padres, no los había conocido tanto. Murieron justo cuando yo empezaba a ser consciente de las cosas.

Mientras, el doctor tomaba notas en su ordenador. ¿Qué escribiría? ¿Sería solo un método para ver cómo llevaba yo la espera? ¿Me estaría observando?

—Entonces, ¿podría ser esquizofrenia o no? —insistí.

—Yo diría que no. Lo que se me ocurre es derivarla a un psicólogo para que pueda hablar con usted y averiguar si hay hechos que puedan haber provocado esas visiones.

Le dije que no había ningún hecho que yo supiera y que nos pensaríamos lo del psicólogo. Lo único que quería era irme de allí cuanto antes.

Me despedí de la forma más educada que pude y salí. Matías iba pocos metros detrás de mí.

—¿Por qué no quieres que le pidamos cita al psicólogo?

Yo contesté sin pararme.

—Ya sabemos que no es un tumor. ¿Qué nos va a contar un psicólogo?

—Pero el neurólogo ha dicho... —insistió Matías.

Ahí sí me paré.

—Sé lo que ha dicho, pero no quiero estar un año yendo al psicólogo para nada. Vamos a esperar a ver qué pasa y decidimos, no hay prisa.

—No es ir al psicólogo para nada. ¿Qué pierdes? ¿De qué tienes miedo?

Lo que quería decirle a Matías era que estaba aterrada. No soportaba la idea de estar «loca». Siempre había tenido mi cabeza como mi principal apoyo. Sabía que era medianamente inteligente y, sobre todo, muy estable. Era la que organizaba El Extranjero y la que le recordaba a Matías que había que comer y dormir de vez en cuando y no solo tocar la guitarra. Demasiadas cosas dependían de mí, no podía estar perdiendo la cabeza.

Prefería agarrarme a lo que me había dicho el neurólogo de que no había nada extraño dentro de mi cabeza a permitir que alguien escarbara dentro de mí y descubriera algún tipo de desequilibrio.

No podía permitírmelo.

Ya habíamos salido del hospital y estábamos andando hacia el metro. Yo no podía dejar de darle vueltas a la palabra que había dicho el neurólogo.

«Esquizofrenia».

Tenía muchas ganas de sacar el móvil y leer todo lo que pudiera en Google sobre eso, pero sabía lo que me iba a decir Matías, con toda la razón. Internet no era la solución y lo único que iba a conseguir era emparanoiarme más. Aun así, iba a mirarlo apenas estuviera a salvo en el baño de casa.

No quería sacar el tema, pero no sé de dónde salieron mis palabras.

—¿Tú crees que puede ser esquizofrenia? —le pregunté a Matías.

Él utilizó el mejor tono que pudo de «no te preocupes, no pasa nada».

—El médico ha dicho que no tienes ningún síntoma.

—¿Por qué tendré esas visiones?

Entonces Matías se revolvió enfadado.

—¿Por qué no vas al psicólogo? ¡Yo no tengo la respuesta a todo!

Yo sabía que se había enfadado porque le habría encantado tener la capacidad de resolver cualquier cosa que nos pasara, y esto se le escapaba. Era lo que tenía que tu pareja fuera asesor de cuentas y no médico: había materias que no podía controlar.

O quizá se enfadó porque yo era muy cabezota.

Quiero pensar que fue por lo primero, pero supongo que sería una mezcla de las dos cosas. Estaba aterrada.

—¿Y si me encuentra algo? —le pregunté.

—¿Algo como qué?

—No sé…, algo.

Y ahí acabó la conversación.

Él me cogió de la mano y seguimos andando hasta el metro sin hablar, cada uno con su torbellino dentro de la cabeza.

14

Esquizofrenia (del al. *Schizophrenie*, y este del gr. σχίζειν *schízein* ‘escindir’, φρήν, φρενός *phrḗn*, *phrenós* ‘mente’ y el al. *-ie* ‘-ia’).

1. f. *Med.* Grupo de enfermedades mentales correspondientes a la antigua demencia precoz, que se declaran hacia la pubertad y se caracterizan por una disociación específica de las funciones psíquicas, que conduce, en los casos graves, a una demencia incurable.

El diccionario de la Real Academia Española tampoco me aclaraba demasiado; estaba claro que ya no se podía confiar ni en los clásicos.

Aun así, lo de «demencia precoz» y «demencia incurable» no me sonó demasiado bien. Yo me notaba normal, y en los episodios de las apariciones no me había sentido extraña, más allá de estar viendo cosas que no existían.

Necesitaba más información.

Cambié de estantería. Como tantas veces había hecho en mi vida, trataba de encontrar respuestas en los libros de El Extranjero.

> La esquizofrenia es un trastorno mental grave por el cual las personas interpretan la realidad de manera anormal. La esquizofrenia puede provocar una combinación de alucinaciones, delirios y trastornos graves en el pensamiento y el comportamiento, que afecta el funcionamiento diario y puede ser incapacitante.
>
> Los síntomas de la esquizofrenia suelen comenzar entre los 16 y los 30 años. Los hombres a menudo desarrollan síntomas a una edad más temprana que las mujeres. Por lo general, no se desarrolla después de los 45 años.

Aunque estaba mejor explicado (o precisamente porque estaba mejor explicado), no me gustó nada lo que leí. Yo no podía ser esquizofrénica. Me negaba a ser esquizofrénica. Tenía que haber otro motivo que se me estaba escapando.

Estaba claro que necesitaba ayuda, pero no sabía a quién acudir. Matías estaba más preocupado que yo por mi salud mental; además, bastante tenía con aguantarme todos los días. A mi abuela no quería llenarle la cabeza con mis historias; al fin y al cabo, ella tenía toda su vida desordenada en la suya, tan solo le hubiese metido más barullo todavía. Me quedaban Santiago y Max, pero un estúpido pudor me impedía implicarlos en mis asuntos. Aunque teníamos una relación muy buena, no dejaba de ser su empleada. Había una barrera dentro de mí que me impedía contarles a los señores que firmaban mi nómina que veía gente de otro tiempo en mi casa, por muy bien que nos lleváramos.

Después de rebuscar en enciclopedias de salud y en libros divulgativos sobre psicología clínica, cada cual más deprimente que el anterior, pensé en buscar otro enfoque.

¿Y si el problema no era yo?

¿Y si había algo en la casa que provocaba que se proyectaran personas del pasado en el presente?

¿Cómo se llamaría eso?

Discretamente, y sin dar demasiadas pistas, le expuse el tema a Santiago como si lo hubiera visto en una película. Obviamente, no quiso ponérmelo fácil y me preguntó por el título de la película, cuándo la había visto, qué actores salían y todo tipo de cuestiones que yo respondí como pude. Me inventé que la había traído Matías porque se la había pasado un compañero de trabajo, que me dormí antes de ver el final y que no tenía ni idea de nada más, pero que me había interesado investigar si algo así era posible.

Él me dijo que podrían tratarse de pliegues temporales y que, si quería más información, buscara en algún libro accesible sobre física cuántica. Desgraciadamente, yo era de letras, muy de letras, y todo ese mundo se me hacía muy extraño.

Escarbando por las estanterías y con un poco de ayuda de Santiago, que se sabe de memoria el contenido de todos los libros que viven en su negocio, llegué a *Incertidumbre, gatos y universos paralelos: un paseo cuántico*, escrito por Rose Ann White. Era el típico libro para profanos en el que te meten en la cabeza, casi sin dolor, una materia complicada.

Y eso era justo lo que yo necesitaba.

Así que me dediqué durante varias noches a bucear en el extrañísimo mundo de la cuántica. Tengo que decir que no me interesaba lo más mínimo, y cada capítulo que empezaba y no se parecía a lo que yo necesitaba me lo saltaba.

Hasta que por fin llegué a las páginas que se referían a los agujeros de gusano; estas me pillaron tumbada en el sofá, con un batido de frutas.

> Un agujero de gusano es un portal de corta duración que une dos agujeros negros situados en distintos lugares.

Hasta ahí, todo bien, aunque me sonaba un poco a *Star Trek*, pero, bueno, seguí leyendo.

> Los agujeros de gusano podrían conectar dos puntos del universo actual o tal vez dos tiempos diferentes.

De pronto, en una parte del salón se hizo de día. Parte del armario desapareció y distinguí un trozo de otro armario. Un niño trataba de escalar ese armario antiguo. Al niño lo reconocí de inmediato: era mi padre, aunque quizá un par de años mayor a cuando lo vi por primera vez.

> En teoría, si entra materia dentro de un agujero de gusano, esta se desplazará hasta llegar a un «agujero blanco» (lo contrario de un agujero negro) que se hallará al otro extremo.

Yo no sabía si seguir leyendo o asistir a la ascensión al armario de mi padre. Sabía que no iba a matarse, porque luego me tuvo a mí, pero tenía pinta de que su aventura no iba a terminar bien. Trepaba fatal, pero se afanaba por subir con entusiasmo.

No existen pruebas que demuestren que los agujeros de gusano existan.

Esa fue la frase que me hizo dejar el libro y atender únicamente a la visión.

Mi padre estaba colgando de un brazo, desesperado por apoyar el pie en alguna parte.

Me levanté y me acerqué a verlo mejor. Sabía que no podía ayudarlo a subir ni a poner el pie donde necesitaba para no caerse, así que solo podía ser espectadora.

De alguna manera, mi padre consiguió un punto de apoyo y continuó con su ascensión. Cuando por fin llegó a la última balda, abrió una caja con esfuerzo y sacó una chocolatina.

¡Mi padre era travieso! ¡Y temerario! ¡Y mal escalador!

Cuando se tragó la chocolatina, se metió tres más en la boca y miró hacia abajo tratando de descubrir cómo volver al suelo de una pieza. Estaba aterrado, con la boca llena de chocolate.

Yo me despisté un momento intentando ver dónde podría caer cuando volvió la noche a mi salón.

El armario volvía a estar entero y mi padre volvía a no estar.

Cada vez estaba más convencida de haber recibido el mejor de los regalos.

Me senté de nuevo en el sofá, cogí el libro y lo dejé de nuevo.

No quería entenderlo. No deseaba saber el nombre del conducto que une dos tiempos, o dos espacios, o dos lo que sean. Me daba igual si un científico había hecho unas ecuaciones en las cuales se demostraba que era posible que ocurriera lo que a mí me estaba pasando o averiguaba que era científicamente imposible.

Me daba igual, yo lo estaba viviendo. Y eso era más.

Y mejor.

15

Mientras esperaba a la siguiente visión, traté de recordar cada pequeño detalle de las cuatro que había tenido.

Calculaba que en la primera mi abuela tendría unos treinta y pocos años. O quizá veintimuchos.

Por los documentos que había conseguido recopilar Matías, descubrimos que mis abuelos se habían casado cuando Vivi tenía veintisiete años, así que posiblemente fuera por esa época cuando colgó ese cuadro que tanto le gustaba.

Un año después de la boda nació mi padre, con lo que la aparición de él escalando el armario era la más actual de todas, más que en la que estaba dibujando. Viendo las fotos del álbum calculé que tendría unos siete años.

La del dormitorio la coloqué en un segundo puesto, ya que estaban felices como recién casados; estaba segura de que no se fueron a vivir juntos hasta que no se casaron, y no había nada que indicara que ya había un niño en la casa.

Las cuatro abarcaban un espacio de tiempo de unos nueve años más o menos.

¿Por qué esos nueve años en concreto? ¿Tendría que ver con la vida en pareja de mis abuelos o con el nacimiento de mi padre?

En cualquier caso, no pude recopilar muchos más datos, ya que las dos visiones en las que salía mi padre se habían producido en la misma zona del salón y entre ambas parecía que había pasado un espacio de tiempo muy corto; sin embargo, las otras dos habían sido en distintas partes de la casa, de tal manera que me era muy difícil distinguir si había habido una evolución en la decoración, o en alguna otra cosa, que me permitiera saber en qué tiempo estaban sucediendo.

Dejé la libreta en el sofá del salón y miré alrededor a ver si recibía una nueva señal que me ayudara.

Nada.

Así que decidí ir a buscar a Matías a su cuarto de «juguetes» para ver si le convencía para que me preparara la cena. Una de las grandes pérdidas de habernos mudado al piso de Vivi era que ya no teníamos La Paloma debajo de casa. Nos habíamos quedado huérfanos de restaurante y ninguno de los que habíamos probado en nuestra nueva zona tenía las condiciones para sustituirlo.

Cuando pasé por delante de mi antigua habitación, me llamó la atención que la puerta estuviera abierta. Me asomé y descubrí que en el cuarto era de día. Me puse en alerta, pues estaba teniendo una visión. Había una cama pequeña de madera, unos pocos juguetes por el suelo y varias hojas coloreadas pegadas en la pared.

Junto a la ventana se encontraba una niña pequeña, que sin duda era mi abuela. La cría estaba tirada en el suelo haciendo algo que yo no alcanzaba a ver desde donde estaba.

Cuando fui a entrar para ver mejor lo que estaba ocurriendo, tuve la intuición de poner primero la mano. Y esta chocó contra algo duro. Efectivamente, la puerta estaba cerrada. La ilusión de que estaba abierta la provocaba la visión, así que tuve mucha suerte de no partirme la nariz contra ella.

Busqué el pomo y la sensación fue muy rara, porque nada cambiaba conforme yo abría la puerta.

Me acerqué a la niña, que estaba en el suelo, entretenida, lanzando canicas despacio hacia un lado. Las canicas rodaron un par de palmos hasta que pararon y regresaron de nuevo hacia la pequeña. La niña se rio y envió las canicas de vuelta al mismo sitio. Y entonces otra vez volvieron a su mano.

¿Cómo era posible?

La visión desapareció enseguida. Yo me aproximé a esa zona, que mantenía el mismo suelo que entonces, para comprobar si este tenía algún desnivel que provocara que las canicas volvieran a la mano de mi abuela.

No había nada a simple vista, así que fui donde Matías y le pedí una pelota. Él me preguntó que para qué la quería. Después de la visita al neurólogo y lo que habíamos hablado, no me pareció prudente contarle la verdad. No quise mentirle del todo y le dije que quería comprobar el desnivel del suelo de la habitación.

Obviamente él no me creyó, pero buscó por sus cajones, sacó una pequeña pelota de goma y me la dio.

Me fui rumbo a mi antigua habitación, fingiendo tranquilidad, y la puse en el suelo. La pelota no se movió. La tiré hacia un lado y hacia el otro, pero no hubo nada que modificara su trayectoria.

El suelo estaba bien.

¿Significaba eso que mi abuela estaba jugando con el fantasma? ¿A eso se refería con que era bueno, a que jugaba con ella?

Y lo que era más importante…

Vivi tenía razón.

Había un fantasma.

16

Esa noche me estaba costando conciliar el sueño pensando en el nuevo descubrimiento que había hecho. Curiosamente me afectó menos de lo que pensaba. Creo que, si solo hubiera descubierto al fantasma, me habría impresionado bastante; pero después de las visiones que estaba teniendo del pasado, aquello no dejaba de ser una anormalidad más de la casa. Además, yo a ese fantasma no lo había visto ni sentido. Igual se había ido a la luz, o se había muerto o lo que sea que hicieran los fantasmas, pero no había señales de él (o ella).

Yo le daba vueltas a todo eso mientras Matías dormía a mi lado.

Entonces me llevé el susto más maravilloso de toda mi vida.

Toda la habitación se iluminó. No me dio tiempo ni a avisar a Matías. De pronto estaba frente a mí una mujer mayor con las manos ensangrentadas.

Sin pensarlo, salté de la cama. Cuando miré a Matías, no lo vi. En su lugar estaba la cama totalmente deshecha y encima de ella mi abuela con el camisón totalmente levantado. ¡Estaba dando a luz!

Una señora la ayudaba. La cabeza de mi padre estaba saliendo del útero de mi abuela. El suelo a los pies de la cama estaba lleno de sangre.

Detrás de la señora, mi abuelo se movía de un lado a otro, como queriendo ver algo y deseando no haber visto nada.

Vivi respiraba y gritaba y gruñía y (creo) maldecía.

Pero eso era lo menos importante en ese momento. La partera le gritaba cosas a mi abuela. Esta empujaba. Las expertas manos de la señora trataban de alcanzar el cuello de mi padre para sacarlo. Mi abuelo seguía sin poder quedarse quieto.

Yo miraba asombrada cómo se transformaba el cuerpo de Vivi, cómo se dilataba de un modo antinatural. Por un instante pensé en que eso me pasaría a mí alguna vez y en que mi cuerpo también pasaría (y sufriría) esos cambios.

Entonces, como si fuera magia, la cabeza salió del todo. La imagen era extrañísima. Una cabeza enorme como pegada al pubis de mi abuela. Con maestría, la partera se hizo un hueco para cogerlo del cuello y terminar de sacarlo. Mi abuelo no podía cerrar la boca.

Una cantidad desproporcionada de sangre y cosas gelatinosas que no sabría describir salieron detrás de mi padre y cayeron al suelo.

Cada vez me chocaba más el hecho de que en las visiones no se oyera nada. Ser testigo de cómo berreaba Vivi sin que un solo sonido saliera de su boca le daba a la escena una sensación de irrealidad. Parecía una secuencia de una película de esas en las que cuando sucede una matanza quitan las voces y ponen una ópera. Esto era exactamente igual, pero sin la ópera.

La señora abrió el camisón a mi abuela y dejó al bebé en su pecho. Vivi se reía con esa risa tan suya y lo abrazaba con cuidado mientras la señora cortaba el cordón.

Y de pronto era de nuevo de noche y no había ni sangre ni abuela, solo Matías durmiendo como un bendito, ajeno a todo.

Me metí otra vez en la cama y me abracé a él.

Estaba feliz, excitadísima. Me sentía la persona más afortunada del mundo.

—Acabo de ver nacer a mi padre —le dije al oído.

Él se giró molesto, medio dormido.

—¿Qué?

—Que acabo de asistir al parto de mi padre.

—¿Por eso me despiertas?

Yo me quedé de piedra; no supe qué responder a eso. Esperaba que se alegrara por mí, o al menos que se mostrara cariñoso, pero no una respuesta como esa. Supuse que me hablaba así por mi negativa a ir a un psicólogo. Matías se estaba cansando de que yo no hiciera nada por cambiar la situación y no quería seguirme la corriente.

—¿Qué quieres que haga yo?

—Nada, solo quería compartirlo contigo —dije triste en voz muy baja.

—Muy bien, ya lo has compartido. ¿Puedo dormir ya?

—Sí. Perdona.

Él se dio la vuelta para seguir durmiendo.

A partir de ese instante entendí que, si iba a hacer este viaje, lo haría sola. Decidí que ni Matías ni nadie me iba a estropear esa experiencia única que iba a vivir.

Quería a Matías y sabía que, si pretendía que nuestra relación continuara de un modo sano, no podía compartir el tema de las visiones con él. Tenía que manejar la situación con la suficiente habilidad como para poder dedicarle a cada cosa el tiempo que necesitaba.

Iba a disfrutar de ambas sin renunciar a nada.

Ilusa…

17

Pero a la mañana siguiente por fin comprendí quién era mi abuelo.

Acababa de ducharme. Estaba feliz, pues había compartido bañera con mi padre cuando él era un niño. Al principio, me sentí muy rara, pues mientras yo me duchaba y él estaba sentado con media bañera llena de agua, jugando. Y cuando digo media bañera no me refiero a que no estuviese llena hasta el borde. Lo que quiero decir es que había bastante agua hasta mitad de la bañera, pero ahí se acababa la visión y el agua se cortaba mágicamente. Como el mar Rojo, vamos.

En un primer momento, me entró un pudor absurdo, pues estar desnuda duchándome con un niño a la altura del pubis para mí no era lo más normal del mundo. Enseguida se me pasó, básicamente porque me di cuenta de que el niño no me veía a mí.

Con la de veces que mi padre me había bañado cuando yo era pequeña, quién me iba a decir que íbamos a acabar al revés.

Terminé de ducharme mientras mi padre seguía chapoteando en el agua. Me puse una toalla y salí a vestirme al cuarto.

Y allí empezó todo.

Me encontré con que mis abuelos estaban discutiendo. Ambos tendrían unos treinta y cinco años y estaban gritándose, aunque no se oía nada de lo que decían. Mi abuelo estaba muy disgustado por algo, mientras que Vivi trataba de justificarse. Ella se alejó de él hacia el otro lado de la cama, pero él la siguió. Luego ella se movió en dirección contraria y él, detrás, no paraba de gritarle cosas que no parecían muy bonitas, la verdad.

En un momento dado, él la cogió del brazo con fuerza y la zarandeó. Vivi intentó soltarse, pero mi abuelo le dio un bofetón en la cara que la mandó un par de metros hacia atrás.

Ella lo miró con miedo. Esa cara no se me va a borrar jamás de la memoria.

Habría matado a mi abuelo en ese mismo segundo.

Este en dos zancadas se puso otra vez a su lado y la cogió de nuevo del brazo.

No pude evitarlo: sin pensar en las consecuencias, quise defender a mi abuela, sin acordarme además de que estábamos en tiempos distintos.

—¡Suéltala! —le grité.

Obviamente, él no me escuchó. Continuó zarandeándola y gritándole cosas a escasos centímetros de la cara. Mi abuela lloraba. Él, con la mano libre, le agarró la cara y la obligó a que lo mirase. Mi abuela trató de retirarse, intentando esquivar otra bofetada.

—¡Que la dejes! —No podía reprimirme.

Pero mi abuelo, por toda respuesta, le dio un bofetón a Vivi.

Sin pensarlo, traté de coger una lámpara del dormitorio para defender a mi abuela, pero no me di cuenta de que estaba viendo la alcoba de mis abuelos, por lo que realmente esos muebles no estaban en mi presente.

Mi mano pasó a través de la lámpara. Pero por la energía que tenía, o por la rabia o por cualquier otro motivo que en ese momento se me estaba escapando, se movió lo suficiente como para caerse de la cómoda.

Por la impresión que me dio, juro que la vi caer junto a mis pies a cámara lenta mientras la pantalla se doblaba y la bombilla golpeaba el suelo y estallaba.

Entonces fui consciente de que ellos pudieron oír el pequeño escándalo, porque los dos se pararon a la vez y miraron la lámpara tirada en el suelo con la bombilla rota.

Él la soltó con un pequeño empujón y abandonó el cuarto.

Vivi miró justo en el lugar donde estaba la lámpara antes de caer y dijo «gracias» en voz muy baja, como para que mi abuelo no la oyera. Acto seguido, puso la lámpara en su sitio y recogió los cristales con mucho cuidado, para no cortarse.

¡Había movido la lámpara! Había conseguido intervenir en el pasado moviendo un objeto. ¿Hasta dónde podría llegar? Esta vez había sido con un objeto pequeño, pero no sabía si podría ensayar en las siguientes visiones y tratar de hacer cosas más fuertes.

No pude evitar mirar a mi abuela. Estaba con la cara hinchada, pero sin quejarse en absoluto. Tenía un montón de pequeños cristales amontonados en la mano.

Mi abuelo la maltrataba. Ese debía de ser el motivo por el que luego no siguieron juntos. De algún modo, Vivi había conseguido librarse de él.

Pero en los papeles que trajo Matías decía que había muerto, no que se hubieran separado o algo. ¿Mi abuela lo había matado? No habíamos encontrado ninguna información sobre un asesinato, solo que había una muerte sin documentar. ¿Qué habría pasado?

Vivi desapareció. Yo estaba de nuevo con mis muebles, sin la cómoda y sin mi abuela.

Y entonces me di cuenta de algo totalmente desconcertante.

Yo había aparecido en el mundo de mi abuela de un modo incorpóreo y había movido un objeto para despistar a mi abuelo y salvarla. Entonces entendí por qué mi abuela decía que en su casa había un fantasma.

¡El fantasma de mi abuela era yo!

18

No quise decirle a Matías nada de lo que le había pasado a Vivi. No quería asociar con ella algo tan feo y tan sucio. Me daba vergüenza contar que mi abuelo había maltratado a mi abuela y que ella lo había aguantado sin abrir la boca.

Vivi era una heroína. Había criado a un hijo sola, me había acogido en su casa cuando mis padres murieron y nos había llenado a todos de cariño y de alegría. Nada iba a manchar su nombre.

O al menos yo no lo iba a hacer.

Estaba decidido.

Después del incidente con mis abuelos me vestí y fui a la cocina; Matías estaba terminando de desayunar. Esa era nuestra rutina entre semana: él se levantaba media hora antes y, cuando yo entraba en la cocina, él salía. Apenas nos veíamos.

Traté de ocultar que me pasaba algo, pero con un vistazo Matías se dio cuenta de que yo no estaba bien. Me preguntó y yo mentí diciendo que había tenido una mala noche y que me había despertado con sueño. Él me dio un beso y fue a vestirse. La verdad era que la conversación no dio para mucho y estaba claro que él no recordaba lo borde que había sido conmigo por la noche.

Esa misma mañana, en El Extranjero, estuve leyendo furtivamente libros de psicología sobre maltrato, pues quería encontrar el modo de hablarlo con mi abuela, ya que había sido una víctima y quería abordarla con delicadeza.

Tuve mucho cuidado de que Santiago no me viera para evitar preguntas incómodas, pero no tuve en cuenta a Max, porque no sabía que andaba por la librería.

—¿Todo bien en casa? —me preguntó mientras yo tenía la nariz dentro de un libro.

Lo cerré de golpe, como si mis padres me hubieran pillado leyendo una novela pornográfica.

Max estaba parado a menos de un metro de mí y me miraba con curiosidad.

—Sí, sí, todo bien. Solo estaba cotilleando qué novedades tenemos en Psicología —respondí de un modo que no me creí ni yo.

Max sonrió y cogió el libro de mi mano.

—Yo también vengo a veces a coger ideas para torturar psicológicamente a Santiago. Si quieres luego intercambiamos métodos.

Creo que había notado mi nerviosismo y trató de desdramatizar con una de esas bromas tan de Max.

—Eres muy malo.

—Ya, es mi maldición. No puedo hacer nada al respecto. —Empezó a irse, pero se paró y volvió. Esta vez me habló muy bajo, muy en confidencia—. Si necesitas algo, Santiago y yo estamos para ti. Bueno, Santiago menos porque está medio gagá, pero conmigo puedes contar.

¿Cómo no quererlos? Eran mi segunda familia.

—En serio, estoy bien —le dije con aparente calma.

Max asintió y me dio un abrazo rápido pero sentido.

—Como todas —soltó y, definitivamente se fue.

Durante toda la jornada estuve mirando lo que teníamos sobre el tema, que era bastante, y me di cuenta de que no había nada que pudiera servirme para abordar el tema con Vivi. Hay libros muy buenos, pero casi todos enfocados en la víctima y en el momento en que lo son, para ayudarlas a salir de su infierno.

Así que terminé el día igual que lo empecé, sin tener ni idea de cómo hablar del tema con mi abuela.

Y, claro está, apenas entré en el piso me la encontré, pero nada de esto le había sucedido todavía. Tendría más o menos unos seis años.

Al pasar por delante de mi antigua habitación, la puerta estaba abierta y mi abuela estaba junto a la ventana echando vaho en el cristal y haciendo dibujos, que duraban los pocos segundos que tardaba este en desaparecer. Luego empezó de nuevo una y otra vez con esa perseverancia que solo un niño puede tener.

Dejé la chaqueta y el bolso en el suelo y entré.

Me dieron unas ganas terribles de abrazarla, pero sabía que iba a ser como abrazar el aire.

Después del incidente de la lámpara quería probar hasta qué punto podía interactuar con el pasado. Primero traté de dibujar yo misma en el vaho del cristal, pero mis dedos chocaban con el actual y no hacían nada en el vaho del pasado.

Entonces me di cuenta de que había unas canicas a los pies de mi abuela y me acordé inmediatamente de la otra visión que había tenido en esa habitación, la de Vivi de niña jugando con el fantasma.

Pasé la mano con la intención de mover una, pero no ocurrió nada. La pequeña Vivi, ajena a todo, seguía dibujando en el cristal.

Me concentré en la canica y la golpeé más fuerte. ¡Se movió un poco! ¡Eso era! Todo era cuestión de energía. Para poder interactuar con un objeto del pasado tenía que aplicar una energía desproporcionada para conseguir un pequeño efecto.

Respiré hondo y le di el golpe más grande que pude a la canica. Esta se movió un poco más, rodando hasta el pie de mi abuela.

Ella dejó su juego y miró la canica, sin entender bien qué había pasado.

—¡Sí! —grité eufórica.

Me concentré en la siguiente canica antes de que Vivi volviera a despistarse con la ventana.

La golpeé con todas mis ganas y fue a parar al pie de mi abuela. Esta la miraba sorprendida. Aún había varias bolas por el suelo, así que me centré en la siguiente y la lancé también contra su pie.

Mi abuela, que no dejaba de ser una niña, lo movió un poco y devolvió las tres canicas de golpe.

¡Estábamos jugando! Golpeé otra vez una con todas mis fuerzas para que avanzara los veinte centímetros que la separaban del pie de Vivi. Esta miró alrededor, tratando de verme, y se agachó. Puso dos canicas, una al lado de la otra, y les dio con la parte de atrás de los dedos para enviarlas hacia mí. Yo no tenía fuerza para golpearlas cuando estaban en movimiento, pero cuando se pararon se las mandé de vuelta, una a una, con sendos golpes de mi mano.

Supongo que ese fue el momento exacto de mi anterior visión, cuando Vivi, tirada en el suelo, lanzaba canicas que volvían mágicamente a ella. Yo no me vi a mí misma porque estaba en otro tiempo. ¡Estaba encantada de ser el fantasma de mi abuela!

Vivi sonreía y cada vez golpeaba más canicas en mi dirección. No solo había entendido el juego, sino que además me estaba tomando ventaja.

Cuando desapareció, yo estaba tirada en el suelo dando manotazos al aire como si no hubiera un mañana y sin dejar de reír.

Cada vez las visiones eran más frecuentes; me transportaba tanto a eventos más antiguos como a otros más actuales. Y encima estaba aprendiendo cómo interactuar en ellas con distintos objetos. Sí, definitivamente iba a más. A mucho más.

¿Qué sería lo siguiente?

19

Qué curiosa es la memoria.

Me había pasado casi toda mi vida defendiendo que la adolescencia no era para tanto, que estaba totalmente estigmatizada; incluso defendí en todo tipo de foros que en mi caso personal había sido casi como si no la hubiera tenido, que de algún modo todos esos cambios hormonales habían sucedido dentro de mí sin que apenas mi entorno o yo nos enterásemos. Qué equivocada estaba.

No sé si la casa me estaba cogiendo manía o tenía un sentido del humor muy particular, porque apenas salí de jugar con mi abuela no tuvo mejor ocurrencia que ponerme cara a cara conmigo misma en versión adolescente.

Todavía estaba disfrutando del subidón de haber podido interactuar con el pasado y de haber ejercido de fantasma de mi abuela. Dejé la chaqueta y el bolso en la percha y entré en la cocina para prepararme un zumo. Allí me topé con mi abuela, ya anciana, preparándose una manzanilla o algo así.

Justo detrás de mí entró una quinceañera vestida como una zorra y pintada como una puerta. Cogió un vaso del armario de los vasos (por lo que pude comprobar, siempre había sido el mismo durante toda la historia) y se echó agua del grifo. Vivi, sin moverse del sitio, le dijo (supongo que le dijo eso, porque seguía sin oír nada en las visiones) que cerrara la puerta del armario.

La simpática adolescente que era yo le puso cara de asco, cerró dando un portazo y se fue. Vivi y yo miramos cómo se iba con veinte años de diferencia, yo con asombro y ella negando con la cabeza.

Vivi tenía razón, era una bendita por no haberme estrangulado en mi adolescencia.

Y yo que creía que tampoco había sido para tanto.

Salí con mi zumo y me senté en el sofá a actualizar mi libreta. Ahora que ya no vivía las visiones con pánico podía fijarme bien en todo. Buscaba señales de las fechas lo más exactas posible. Estaba haciendo bocetos de los distintos cambios de la casa. Anotaba cuándo entraban o salían muebles nuevos o cuándo se puso (y se quitó) el papel pintado del cuarto donde Matías tenía sus «juguetes».

Estaba siendo testigo de cómo mi familia iba creciendo. No me perdía su día a día. Y eso era lo que me tenía enganchada. Era como ver un *Gran hermano* que duraba toda una vida.

¿Qué cadena no querría un programa así?

Así que enseguida empecé a apuntar los últimos cambios en mi cuaderno. Dibujé la disposición de la que había sido la habitación de mi abuela cuando era niña. Me dio mucha rabia, porque con los intentos de jugar con ella se me había pasado fijarme en los muebles, pero no pasaba nada. Entre esa visión y la mía de adolescente había hecho el día más que de sobra.

Por otro lado, también había llegado a ver a mi abuela con más de sesenta años, así que el rango de tiempo entre las distintas apariciones se iba ampliando. Eso me hizo pensar en que llegaría un momento en que me vería a mí misma tal cual. O quizá ese sería el momento en el que todo pararía.

Entonces fue cuando me di cuenta de que, al fondo del salón, el muro había desaparecido y varios albañiles preparaban los materiales para levantar esa pared que nos separaba de la calle.

Dejé el cuaderno en el sofá y me acerqué para asomarme. Tras la experiencia que había tenido en mi cuarto, sabía que, aunque la visión me permitiera ver la calle, la pared en realidad estaba allí, por lo que me aproximé con cuidado, para no partirme la nariz.

Por suerte, era de día y se veía perfectamente el exterior. El edificio de enfrente todavía no se había construido y podía contemplar perfectamente la iglesia y la plaza. La iglesia estaba exactamente igual y de la plaza solo había cambiado el mobiliario urbano, pero la disposición era la misma. Por supuesto, todas las tiendas de la plaza no existían, o mejor dicho, no estaban las de la actualidad, pero identifiqué unos ultramarinos y un café. Del resto no distinguía qué era lo que vendían.

Había un ambiente rural. Las pocas mujeres que vi iban con un pañuelo en la cabeza. Un hombre pasó con un burro cargado con dos grandes sacos de arpillera. Supuse que debía de ser principios del siglo XX (aunque luego corroboré que era un poco antes, concretamente 1892). Sin duda, esa era la visión más antigua de todas las que había tenido.

De repente, entró Matías y me encontró con la nariz a cinco centímetros del muro, lo cual no dejaba de ser extraño.

—¿Qué haces? —preguntó con recelo; Matías se sentía raro con todo lo que estaba pasando.

Yo fingí que era una persona normal que no estaba mirando a través de una pared y me acerqué para besarlo. Él me besó también mientras se quitaba la chaqueta.

A pesar de que quería que estuviese al margen de las visiones, ese día había dado tanto de sí que no pude evitarlo.

—Hace un rato me he visto a mí misma de adolescente. Tenía un bofetón… Hoy ha habido de todo. Incluso he llegado a ver cuando levantaban esa pared. Se veía la calle de principios del siglo XX —le conté entusiasmada.

Él se asomó a la ventana que estaba a la izquierda, supongo que tratando de hacerse una idea de cómo sería todo en la época en que se construyó el edificio.

—El curro ha sido un infierno. Los servidores de la Administración han estado caídos casi toda la mañana.

Yo no podía evitar seguir con mi película y le corté con un entusiasmo casi infantil.

—Cada vez veo más cosas, y creo que se amplía el..., cómo decirlo, el rango de edad. Antes mi abuela tenía como mucho treinta y algo. Ahora la veo hasta con sesenta. ¿Crees que acabaré viendo el futuro? —disparé sin darle tiempo a que me contara más cosas sobre su día.

Mal por mí.

Pero yo estaba enganchada a las visiones de mi familia y no me enteraba de nada que no fuera eso. Y sí, creo que «enganchada» era la palabra que mejor definía mi estado durante esos días.

Él volvió a meter la cabeza y caminó hacia el dormitorio.

—¿Vas a arreglarte? Hemos quedado a las ocho —me dijo, sin pararse ni mirarme.

Definitivamente no estaba de muy buen humor, y creo que en gran parte gracias a mí y a mi incontinencia verbal.

—Si no te importa, prefiero quedarme terminando esto —le contesté como si todo fuera tan normal.

Él se paró y me respondió enfadado.

—¿Me lo estás diciendo en serio?

—No sé cuánto va a durar esto, tengo que aprovecharlo. Lo entiendes, ¿no? —me excusé.

Pero Matías estaba disgustado y, cuando se ponía así no había modo de razonar con él.

—No pasa nada, voy yo solo. Diré que te has quedado viendo a la familia.

—¿Te molesta? —pregunté.

Y por fin Matías confesó lo que de verdad le pasaba.

—Hemos pasado de tener una relación tú y yo a tenerla tú con tu familia. ¿Qué quieres que te diga?

Me pareció muy egoísta por su parte, y desconsiderado. Estaba privándome de vivir algo extraordinario por salir con unos amigos a tomar unas cañas, cosa que podíamos hacer en cualquier momento. Me molestaba esa necesidad de Matías de estar con gente, de hablar de banalidades y tomar cervezas por tomar cervezas. No podía entender esa búsqueda de la normalidad a toda costa. Bien mirado, había sido una constante en su vida; siempre había tomado el camino anodino: ser asesor en vez de músico, tener un horario en vez de ser dueño de su tiempo, tomar cervezas en vez de permitir que yo disfrutara de las visiones de mi familia… Al fin y al cabo, él era la persona que yo había elegido para compartir mi vida, y yo sabía cómo era. No podía reprocharle nada.

—Dame cinco minutos y nos vamos —le dije finalmente; no quería pelear.

—Claro.

Aceptó con elegancia su victoria.

Nunca he sentido tanto la sensación de estar perdiéndome algo como con estas salidas absurdas que teníamos a veces solo para saciar la sed social de Matías.

Con lo bien que se estaba en casa…, y en esa época mejor que nunca.

20

La salida al principio fue desastrosa. Cada vez que yo abría la boca para contar algo de la casa, me encontraba con la mirada censora de Matías. ¿Qué esperaba? Era lo que más ilusión me hacía en ese momento y la novedad. Y no estaba hablando de la familia, ni de las visiones ni de nada de eso, sino de la suerte de poder tener una casa de ciento cincuenta metros sin tener que pagar más que la comunidad (que, por cierto, no era barata, pero nada comparado con un alquiler en Madrid). Sin embargo, parecía que Matías había desarrollado una especie de alergia a cualquier cosa que tuviera que ver con el piso.

Durante años yo había tenido que aguantar con una sonrisa sus interminables charlas sobre música y músicos, sobre instrumentos y la crucial diferencia entre dos distintas marcas de cuerda de re, pero ahora él no podía soportar que yo hablara de lo contenta que estaba con el piso que me habían regalado, así que se dedicó a sabotear mi conversación con todo tipo de chistes malos que, por supuesto, a mí me molestaron.

Conseguimos crear un ambiente raro, lo suficiente como para que la velada no se alargara como normalmente sucedía cuando solíamos quedar con los amigos.

A la vuelta, mientras esperábamos el metro, hablamos. Más que una conversación, terminó siendo un cruce de ofensas.

Él me recriminó el «monotema» de las visiones y mi familia. Lo llamó así, «monotema». Yo me defendí tratando de explicarle lo obvio, que la situación era extraordinaria y que por eso no podía esperar que yo me lo tomara como si fuera lo más normal del mundo.

—¿Qué quieres que haga? —le pregunté.

—No lo sé. En nuestro piso estábamos muy bien. Solo teníamos una habitación, pero éramos felices.

«Éramos felices», así en pasado.

—¿Éramos felices? ¿Ya no lo somos?

Eso me había dolido. Por un instante fugaz, se me pasó por la cabeza que igual tenía razón y mi egoísmo se estaba cargando nuestra relación.

Ante mi cara de sorpresa, Matías optó por relajar un poco la conversación.

—No sé, pero está claro que ya no estamos tan bien como antes.

Yo asentí y, como en tantos otros casos, utilicé la psicología inversa (ventajas de ser de letras).

—¿Quieres que volvamos al otro piso?

—No estoy diciendo eso —respondió él.

La psicología inversa normalmente funciona. El problema es que cuando no lo hace te sientes tonta porque le pones el triunfo en bandeja a la otra persona.

—¿Y qué estás diciendo?

—Que estábamos muy bien antes de que empezara toda esta mierda —soltó sin tapujos.

—No es una mierda, es mi familia —repuse a la defensiva.

—No es tu familia, son visiones en tu cabeza —respondió.

Touché. Ante eso no podía argumentar demasiado.

Así que me callé y bajé la cabeza. Supongo que eso le dio alas a Matías.

—Ni tan siquiera has querido ir al psicólogo.

Pues claro.

—Porque no estoy loca —contesté.

—Nadie dice que lo estés. Pero no creo que nos haga daño.

«Nos haga daño». Se había incluido en la frase. Ese truco barato me obligó a bajar la guardia. Matías quería que nos arregláramos; no me pedía que renunciara a nada, solo que fuera a que evaluaran mi salud mental.

«Nos haga daño»...

Así que accedí a pasar por el trago de tener que contarle todas mis cosas a un desconocido para que me mirara con superioridad y me dijera que me había faltado afecto en mi niñez, o que todas mis visiones provenían de un trauma sexual inconsciente.

—Está bien —dije—. Yo voy al psicólogo. Mañana mismo llamo, pero tú intentarás tener más paciencia conmigo.

—¿Más todavía?

Bienvenido de vuelta, Matías.

Solo faltaba un minuto para que llegara el metro. Le dije que trataría de poner de mi parte para convertir el «monotema» en solo un tema más y que estaría pendiente del resto de las cosas.

Matías sonrió y me dijo que él escucharía mis locuras familiares e intentaría estar menos refunfuñón.

Me tendió la mano.

—¿Trato hecho? —dijo.

—Trato hecho.

Hicimos la pantomima de fingir que nos escupíamos en las palmas y nos dimos la mano, luego un abrazo y luego un beso.

¡Cuánto necesitaba a Matías!

—Te quiero. —Me salió del alma.

—Más te vale.

Aunque a veces le hubiese empujado a la vía.

El viaje de vuelta fue tranquilo y apacible. Nos hicimos cariños, nos cogimos de la mano y nos besamos varias veces mientras yo no dejaba de pensar en todo lo que me estaba perdiendo por no estar todavía en casa.

Me pareció que el metro iba más despacio de lo normal. Traté de no contar demasiado de lo que había visto en casa y estuve escuchando sus anécdotas sobre los compañeros del trabajo.

Una asesoría no suele ser un festival de humor, pero bajo los ojos de Matías, cuando estaba relajado y no protestaba por absolutamente todo, se convertía en una magnífica comedia negra donde no dejaba títere con cabeza.

Y ya se sabe que cuando te ríes mucho solo hay dos salidas posibles, así que acabamos en la cama.

Esa misma noche hicimos el amor.

Yo estaba sobre él, sin dejarle que se moviera. Matías hacía tímidos esfuerzos por ponerse encima o por guiar mis caderas, pero yo no le dejaba. En cambio, me movía muy lenta sobre él, para hacerle sufrir, pues sabía que quería hacerlo rápido.

—No, hoy mando yo —le ordené.

Y creo que le gustó, o al menos eso me pareció sentir.

Nuestra sexualidad siempre había sido divertida. El hecho de que la primera vez lo hiciéramos de noche en una piscina marcó mucho nuestro futuro.

Nos gustaba jugar, probar cosas nuevas, como juguetes o sitios arriesgados. Nunca habíamos experimentado con más gente. Alguna vez lo habíamos comentado, pero Matías decía (y yo estaba de acuerdo) que no necesitaba a nadie más, que aún nos faltaban muchas cosas por probar sin necesidad de introducir un cuerpo extraño en la ecuación. Así le llamaba él, «un cuerpo extraño».

Esa noche estaba marcando yo el ritmo, muy lento, haciéndole sufrir. Pero, de pronto, al lado de la cabeza de Matías se produjo una oscuridad distinta a la nuestra (teníamos solo encendida una pequeña lamparita que apenas daba luz). Justo al lado de la cabeza de Matías, apareció la de mi abuela, con unos treinta años. Estaba tumbada en un lado de la cama echando un fantástico polvazo con mi abuelo.

Y si digo un polvazo es porque era un polvazo de los de antes. Sin desvestir, sin juegos, sin tonterías. Si no hubiese sido por la fuerza de las embestidas de mi abuelo, diría que eran como conejos. Los dos disfrutaban, mirándose a los ojos, congestionados, sudorosos.

Ante una cosa así es imposible no mirar. Juro que traté de centrar toda mi atención en Matías, pero fue imposible.

—¿Estás viendo algo? —me preguntó.

—A ti, ¿te parece poco? —le dije, tratando de ser lo más convincente posible.

Me apoyé en él y subí el ritmo, al menos para tratar de ignorar ese espectáculo casi de *National Geographic* con el que compartíamos cama. De pronto una mano de Vivi se cruzó en mi campo de visión, casi como si cogiera la cara de Matías.

Así era imposible.

—¿Por qué sonríes?

—Soy feliz —respondí de manera casi automática. Era malísima mintiendo.

—Susana…

No tuve más remedio que admitirlo. Era imposible ocultarlo. Asentí avergonzada.

—Vivi —le dije.

—¡No jodas! ¿Con quién? —preguntó él mirando fijamente en la misma dirección que yo por si veía alguna pista de la actividad de mi abuela.

Vivi y el abuelo continuaban. Aquello era como una maratón. La pobre iba a estar escocida una semana.

—Con mi abuelo. ¿Con quién va a ser? —respondí prudente. Aún no sabía cómo se lo iba a tomar Matías.

—Y yo qué sé. ¿Qué hacen? —me interrogó muy intrigado.

No había nada como un poco de morbo para atraer su atención.

—¿Tú que crees?

—No quiero imaginármelo.

Supongo que estaba visualizando a mi abuela tal y como la había conocido él, con unos ochenta años, y, claro, así perdía mucho interés. Yo no quise decirle que tenía treinta.

Por fin habían terminado. Mi abuelo se había levantado para ir al baño y Vivi se había quedado tumbada bocarriba tratando de recuperar la respiración.

—Ya se han ido —mentí.

No quería seguir hablando de mi abuela. Mi idea era continuar lo que estábamos haciendo. Me apetecía sentir a Matías y deseaba que la noche continuara siendo nuestra, sin meter a más gente.

Cuerpos extraños.

Así que me recosté en el centro de la cama y traté de que se pusiera encima de mí.

—¿Por dónde íbamos?

Pero Matías no parecía estar por la labor.

Y era más que comprensible.

—Estoy algo cansado. ¿Te importa si dormimos un poco?

Yo me senté y me acerqué a él.

—¿Qué te pasa?

—Nada, que estoy cansado.

Me dio un beso y se giró. Yo sabía que estaba haciendo un gran esfuerzo por no decir nada después de la charla que habíamos tenido en el andén del metro, así que no le volví a preguntar. Le di las buenas noches y me tumbé.

Desde donde estaba, veía perfectamente a mi abuela. Estaba ahí relajada, tranquila, feliz.

Ella cerró los ojos.

Yo cerré los ojos.

Y me dormí.

21

Aunque debería haber encontrado el modo de hablar sobre los malos tratos con Vivi, mi soberbia pudo más y no pude evitar sacar el tema del fantasma la siguiente vez que la visité.

Ahora que sabía que yo era el fantasma no me podía resistir a preguntar sobre él.

Seguía haciendo buen tiempo y había bastantes familiares paseando con sus ancianos por el jardín o sentados al sol en algún banco, como nosotras.

Después de la típica charla sobre cómo habían ido los últimos días y cómo estaba la casa, introduje la cuestión que me interesaba de un modo bastante poco sutil.

—¿Recuerdas que me dijiste que en la casa había un fantasma? —pregunté como por hablar de algo.

—¿Yo he dicho eso? —Y puso cara de sorprendida.

—Vivi...

Ella me miró un segundo antes de responder. No supe descifrar en qué estaba pensando, pero finalmente se decidió a hablar.

Sacó su mejor cara de traviesa y me indicó que me acercara para que nadie más nos escuchara.

—¿Si te lo cuento pensarás que estoy loca?

Ante eso solo había una respuesta posible para evitar que se me pusiera a la defensiva.

—A estas alturas ya sé que lo estás.

De acuerdo, igual hay más respuestas posibles, pero yo sabía que a mi abuela solo el humor la seguía empujando hacia adelante.

Me miró con ternura y me cogió la mano entre las suyas. Sé que no va a sonar bien, pero las manos de Vivi me daban un poco de grima. Eran, por decirlo de alguna manera, pellejudas. Estaban frías, huesudas y un poco deformadas por la artritis y no eran agradables al tacto.

Quería (quiero) a mi abuela como a nadie en el mundo, pero no me gustaba nada que me tocara.

Aun así, no retiré la mano hasta que ella lo hizo.

—Te pareces tanto a mí... —me dijo.

No pude, ni quise, evitar darle un beso.

—Cuando yo era pequeña ya estaba en la casa. Debe de tener más de cien años —me contó—. ¿Qué quieres saber?

Quería saberlo todo. Quería saber cuántas veces se habían encontrado, qué cosas habían hecho. Quería saber si se acordaba de cuando jugó a las canicas con el fantasma o de cuando el fantasma tiró una lámpara y evitó que mi abuelo le pegara.

Quería saber si sabía que el fantasma era yo.

Pero no podía preguntarle todo eso. Así que empecé por algo fácil.

—¿Cómo es?

Vivi pensó un momento, pero de pronto su rostro cambió y la sentí preocupada.

—¿Os ha molestado?

La tranquilicé con una sonrisa.

—No, para nada.

—Es que es bueno.

Me sorprendió su respuesta. Y al mismo tiempo me enorgulleció.

—¿Qué cosas hace para ser un fantasma bueno? —le pregunté yo riendo.

—No sé, cosas.

Yo no pensaba dejar las cosas así.

—Es que no sé qué hace un fantasma bueno. ¿Te hacía la comida? ¿Te planchaba?

Mi abuela se carcajeó con esa risa sorda tan característica suya. Sin duda, estaba imaginándoselo.

—Ya me hubiera gustado —respondió entre risas.

—En serio —insistí—. ¿Qué hacía que no hicieran los fantasmas normales?

—Ni idea, solo conozco al mío.

Ahí no pude evitar reírme. Me gustaba muchísimo hablar con mi abuela.

Es imposible describir cuánto la echo de menos.

—Pero ¿qué hacía de bueno? —Yo podía ser muy pesada cuando me ponía.

—No sé, cosas.

—¿Qué cosas?

Estaba tan empeñada en que Vivi me contara todo sobre su fantasma, tan cegada por mi propia soberbia, que no me di cuenta de que estaba hablando con una anciana con falta de riego.

La presión no le venía bien.

—Cosas, ya te lo he dicho. Nada en especial —me dijo con la esperanza de que se acabara esa conversación que en un principio le pareció divertida, pero ya no.

Cambié de estrategia.

Aunque lo que tendría que haber hecho era callarme y disfrutar de la mañana, pero no siempre se acierta.

Es muy fácil saber qué se tendría que haber hecho después de que todo haya pasado.

O a veces no es tan fácil.

—¿Qué pinta tenía? —Yo continué con lo mío.

Y ahí sí que mi abuela se escapó del todo. Hasta de ella misma.

—No sé. ¿Va a venir tu madre a comer?

Y en ese preciso instante me di cuenta de que me había pasado.

—Mi madre —repetí en voz baja.

—Dijo que vendría el domingo después de misa. ¿Qué hora es? —Y trató de alcanzar mi reloj.

Yo miré la hora y la cogí del brazo.

—Es pronto. Seguro que llega en un rato —le susurré.

Ella asintió pensativa.

—No sé qué hacer de comer.

Seguimos andando, hablando sobre qué plato sería mejor para que mi abuela lo preparara en la cocina de una casa en la que ya no vivía para unas personas que habían muerto hacía muchos años.

Mientras, yo me sentía la persona más tonta y egoísta del mundo.

22

Como todavía tenía algo de palabra, no tuve más remedio que ir a ver a un psicólogo.

Al principio, les pregunté tímidamente a Santiago y a Max si conocían a alguien, pero lo único que conseguí fue preocupar a este último. Después de pillarme hojeando un libro sobre malos tratos, la pregunta de si conocía a un psicólogo que estuviera bien hizo que le saltaran todas las alarmas. Me costó un mundo convencerlo de que no había problemas en casa y de que Matías y yo estábamos razonablemente bien.

Intenté demostrarle, creo que con éxito, que buscaba un modo de llevar mejor la culpa de tener el piso de mi abuela mientras ella estaba en una residencia. Se lo tomó tan en serio que en veinticuatro horas tenía los contactos de dos profesionales contrastados.

Pronto descubrí que, lejos de lo que yo suponía, a la gente le gustaba alardear de su psicólogo, psicoanalista o lo que tuvieran. Ir a esas sesiones era para ellos como pertenecer a un extraño club selecto.

Dio la casualidad de que Max estaba contándome sus descubrimientos cuando un cliente habitual se acercó a la caja a pagar y escuchó nuestra conversación. Primero, pidió disculpas por habernos escuchado, pero enseguida nos dijo que él iba desde hacía tres años a una psicóloga que le iba fenomenal. Me sorprendió la expresión «fenomenal», por eso la repito.

Un segundo cliente, también habitual, se unió a la reunión para presumir de las bondades del sistema que utilizaba su psicólogo. Aunque había oído hablar de las distintas escuelas, no sabía que los de la Gestalt, los cognitivo-conductuales y los de la psicología transpersonal eran como clubes de fútbol en los que cada uno agitaba su bufanda más fuerte que los demás para atraer hinchas, adeptos o clientes, todo según se mire.

Abrumada por el exceso de información y por si había que trabajar el aquí y ahora o los pensamientos útiles o inútiles, cogí todos los contactos y por la noche estuve mirando en internet, más que los sistemas que utilizaban, pues sin haber probado ninguno todos me sonaban a secta, reseñas que habían dejado los pacientes de los psicólogos que me habían recomendado.

Llegados a este punto tengo que aclarar que, aunque estuviera todo el día rodeada de libros, también me manejaba bien en internet. Como herramienta no está mal, lo que pasa es que tiene tanto ruido que la información real se tergiversa.

Así que, después de mirar en distintos foros, decidí que iba a pedir hora a una de las psicólogas que me había recomendado Max. Llamé y me dio cita para tres días después, lo cual me sorprendió, pues creía que iba a tener que esperar un mes para empezar.

Esos tres días fueron muy tranquilos. Por supuesto, le dije a Matías corriendo que ya había dado el paso, lo que le tranquilizó mucho. Por otro lado, mantuve mis visiones para mí. Solo se las comentaba un poco a Matías, pero sin extenderme más allá del titular de la aparición más llamativa del día. Lo cierto es que fueron días, por llamarlo de alguna manera, normales. No volví a ver a mi abuelo; sí varias veces a mi abuela y a mi padre en distintas edades, y una vez a esa abofeteable adolescente que era yo.

La consulta estaba cerca de la librería, así que fui andando desde el trabajo. Era un piso particular, no una clínica ni nada parecido, lo que me dio cierta tranquilidad. Laura, la psicóloga, me abrió la puerta y me hizo pasar a una habitación que tenía habilitada como estudio. La decoración era escasa, pero idónea para que el paciente se sintiera bien. Colores suaves, alguna planta pero no demasiadas y nada tibetano (que era lo que, desde mis prejuicios, esperaba) ni que te llevara a ninguna espiritualidad concreta. Digamos que era neutro-confortable.

Primero me invitó a que me sentara detrás de una mesa de despacho, donde me formuló varias preguntas de esas que se hacen para rellenar fichas de pacientes, y a continuación, miró el informe del neurólogo y las pruebas que me habían hecho. Luego me indicó que fuese hacia un par de butacas enfrentadas que tenía en la otra parte de la habitación.

Ahí me pidió que le contara toda la historia: el fallecimiento de mis padres, la convivencia con mi abuela, mi relación con Matías, el piso y las visiones. A pesar de que me había prometido que nunca le contaría a nadie los abusos a mi abuela, no supe frenarme. No sé si necesitaba contárselo a alguien o qué pasó, pero se me escapó. Apenas me di cuenta de lo que estaba haciendo, traté de pasar por encima con la esperanza de que no lo hubiera registrado.

Cambié de tema y terminé de contar la historia lo más rápido que pude, pensando en el dineral que me estaba dejando por cuarenta y cinco minutos de sesión.

Y ella me hizo la pregunta que todos los psicólogos de todas las películas y series del mundo hacen.

—¿Cómo te sientes con esto?

Yo quería demostrar que no estaba loca para que Laura me diera un certificado y así Matías confiara de una vez en mí, por eso respondí del modo más positivo posible.

—Me siento... bien. —Como ella no decía nada, me vi obligada a ampliar la información—. Es como poder tener a toda la familia que la mala suerte no me ha permitido tener.

Ella hizo amago de escribir algo, pero no lo hizo.

—¿Y con los malos tratos de tu abuela?

Sentí una punzada de dolor. Esperaba que no se hubiera dado cuenta.

—Impotencia. Me duele mucho verla sufrir tanto sin que yo pueda hacer nada.

—Pero sabes que eso ya pasó, que tu abuelo no está y que ella no sufre ese tipo de malos tratos, ¿verdad?

—Sí, claro, pero es muy real —me defendí.

—Ya. —Y apuntó algo en su libreta.

Me dio la sensación de que me había puesto un punto negativo.

No quería estar allí, no me gustaba hablar con alguien a quien no conocía.

—¿Cómo es tu relación con Matías?

—Bien, normal.

«Todo lo normal que puede ser en una situación tan anormal como esta», quise decir, pero no lo hice.

—¿Y qué dice él de las visiones?

—Al principio, no quería hablar de ellas, por si era una..., por si yo tuviera una enfermedad mental o algo.

La miré para ver cómo había recibido lo de «enfermedad mental», pero no había hecho ni un solo gesto, solo estaba mirándome esperando a que terminara mi respuesta, así que seguí.

—Y ahora dice que estoy siempre con las visiones y le tengo abandonado. Piensa que antes estábamos mejor.

—¿Y estabais mejor?

Por lo visto, a la psicóloga le gustaba escarbar donde dolía.

—El piso es más grande, tiene más sitio para sus cosas —dije esperando que esta respuesta tonta le bastara.

—No me has respondido. ¿Estabais mejor?

No le bastó.

Claro que no estábamos mejor; estábamos distintos.

—Digamos que antes nos teníamos el uno al otro. Yo estaba más pendiente de él. Ahora yo tengo otras cosas y Matías se lo ha tomado muy mal. Quiere que nos vayamos a otro sitio para que todo vuelva a ser como antes.

—¿Y tú qué quieres?

Cada vez me sentía más como respondiendo a un examen. Era como si ella estuviera buscando una respuesta concreta y hasta que no se la diera no me fuera a dejar en paz. Me encontré mirando el reloj, tratando de acelerar las manillas con la mente.

—¿Yo? Yo quiero que todo esté bien. Que me deje disfrutar de mis visiones, que no me mire como si estuviera loca... Sé que esto acabará antes o después, solo me apetece disfrutarlo sin sentirme siempre juzgada.

Por una vez no me volvió a preguntar. Tomó algunas notas mientras yo me miraba la punta de los zapatos.

—Cuéntame más sobre la visión de tu abuelo pegándole a tu abuela.

Yo le había contado la escena, cómo me los encontré, cómo ella huía de él y cómo mi abuelo la perseguía, le gritaba y le pegaba. Por supuesto, le oculté que había intentado coger una lámpara y que esta se había caído al suelo. Si le contaba eso, le hubieran sobrado quince minutos para enviarme directamente al psiquiátrico.

Además, había cosas que eran mías y no quería compartir.

—Más o menos ya te lo he contado; discutían y él le gritó y le pegó. ¿Qué más quieres saber?

—Cuando tuviste esa visión, ¿habías discutido antes con Matías? —me preguntó.

—Yo no discuto con Matías.

—No es eso lo que has dicho —me rebatió.

No me gustaba que intentaran pillarme con cosas que yo no había dicho. Me hacía ponerme a la defensiva.

—Lo que he dicho es que Matías no acepta bien las visiones. No quiere que hablemos de ellas. Eso no quiere decir que discutamos —le aclaré.

Ella asintió, pero esta vez no tomó notas. Me hubiese encantado leer lo que había escrito.

—¿Y la visión de tu abuela siendo maltratada fue antes o después de estas reacciones de Matías?

—Después. Lo de Matías con las visiones fue casi desde el principio —le aclaré con toda la paciencia que me quedaba, que no era demasiada.

—¿Y no crees que quizá las dos cosas pueden estar relacionadas?

Ahí es donde ella quería llegar. Supuse que su teoría era que yo me inventaba (o mi subconsciente o cualquier cosa dentro de mi cerebro) las visiones para justificar o escapar de cosas que me pasaban en la vida real.

Eso era un argumento demasiado facilón para sesenta euros por cuarenta y cinco minutos.

Y lo peor era que me lo había dicho con la misma cara con la que yo imaginaba a Hércules Poirot cuando reunía a todos los sospechosos y les desvelaba quién era el culpable.

Me encogí de hombros para no decir ninguna inconveniencia.

Durante el resto de la sesión, traté de ser lo más neutra posible. Lo único bueno fue que ya solo quedaban unos siete minutos y que pasaron rápido.

23

Mi siguiente visión de mí misma fue con Matías, justo el día que Vivi me dijo que me regalaba la casa y fuimos a ver cómo organizarla.

Regresaba después de ver a la psicóloga, por lo que no estaba de buen humor. Apenas crucé el umbral, quitándome la chaqueta, noté cómo la puerta se abría detrás de mí. Por la hora pensé que era Matías.

Casi acerté: éramos Matías y yo.

Fue una sensación muy rara. No sé si porque la imagen a la que estamos acostumbrados es la del espejo, donde todo es al revés, pero me resultó muy extraño verme.

Los dos entrábamos a nuestro nuevo hogar despacio, mirándolo todo como si no hubiéramos estado miles de veces en esa casa, al menos yo. Matías estaba hiperactivo. Caminaba de un sitio para otro, cogía las tortugas, las dejaba, se metía en las habitaciones... Mientras, yo me movía despacio y lo observaba todo nerviosa, como cohibida.

Nos abrazábamos muy fuerte y yo le decía algo que no logré recordar.

Éramos una gran pareja, sin duda.

Luego vi cómo esa yo del pasado y ese Matías del pasado se metían en el dormitorio y los perdí de vista.

Supongo que es imposible, o al menos lo es para mí, resistirse a la tentación de mirarse a uno mismo, así que fui a buscarnos por toda la casa.

No hubo suerte, pero casi me da un infarto al entrar en el estudio de Matías. No esperaba encontrarme con nadie, y, de pronto, allí estaba él, con la cabeza a menos de un palmo de la pantalla del ordenador. Editaba una canción en su Cubase con los cascos puestos, por eso no le había oído (ni él a mí).

De pronto sentí una sensación de irrealidad y durante unos segundos no supe si Matías era de verdad o era una visión. Entonces él me vio, se quitó los cascos y se levantó a darme un beso.

Era de verdad.

Como ya había aprendido la lección (o eso creía yo), le pregunté por sus cosas antes de contarle qué había visto.

—¿Qué tal tu día?

Estaba feliz y relajado. Lo importante no era lo que me dijera o no la psicóloga, sino haber ido.

O eso era lo que yo pensaba...

—Por fin tranquilo; he podido salir antes y todo. —Y luego sacó el tema, por supuesto—. ¿Qué tal la psicóloga?

Traté de encontrar las palabras para no fastidiar nuestro día.

—No... No nos entendemos bien. No me ha gustado mucho —dije suavizando muchísimo mi opinión verdadera.

—¿Y eso? Te la habían recomendado, ¿no?

—Sí, sí, pero no me he sentido a gusto. No creo que vuelva —respondí.

No le hizo ninguna gracia.

—Joder, Susana.

—Bueno, probaré con otro psicólogo —mentí para ganar tiempo, aunque tenía clarísimo que mis días de paciente de psicólogo habían terminado.

—Cómo tú veas —dijo y volvió a su ordenador.

De pronto me sentí mal por haberle decepcionado.

Miré unos segundos cómo hacía maniobras inexplicables con las pistas de sonido.

Entonces probé algo que suele funcionar casi con cualquier persona: le pregunté por sus cosas.

—¿Qué haces?

Él me contestó sin mirarme, pero no porque estuviera ofendido, sino porque una vez sentado ya le era imposible mirar hacia otra parte.

—Estoy componiendo una cosa nueva. ¿Quieres oírla?

Estaba dispuesta a que todo fuera mejor, así que la respuesta fue obvia.

—Claro. Dame un minuto y vengo.

Cuando entré a nuestro dormitorio, descubrí que allí era de noche, la lámpara de la mesilla estaba encendida y Matías y yo estábamos haciendo el amor.

Si es rara la cara de una misma vista de frente, lo es más todavía cuando practicas sexo.

Lo primero en lo que me fijé, tengo que admitirlo, fue en mi culo. Una no tiene esa oportunidad todos los días.

Y tengo que confesar que tengo un muy buen culo.

Enseguida me giré para ver nuestra cara. Estábamos sudorosos, con el pelo pegado y la respiración agitada, realmente guapos.

Él me dio la vuelta para cambiar de postura, pero nos quedamos un momento entrelazados, de lado sobre la cama, besándonos.

Enseguida seguimos con lo que estábamos haciendo.

Y en ese momento decidí que no podía quedarme así.

Crucé la casa a paso ligero sin dejar que la visión terminara. Entré en el cuarto de juegos de Matías y, sin dejarle que abriera la boca, le levanté del ordenador, le quité toda la ropa y me lo tiré en el pequeño sofá del cuartito.

Matías intentó colaborar algo, pero creo recordar que no le dejé demasiado.

Nunca se quejó.

Y, sí, luego escuchamos su canción, por supuesto.

24

No tardó mucho en llegar el día sobre el que más había fantaseado.

Era jueves. Matías se había levantado temprano porque era cierre de trimestre, o de IVA, o de IRPF, o una fecha de esas que son tan importantes en la asesoría y que ocurren tres o cuatro veces cada mes.

El día empezó bien, porque me encontré a mi abuela, ya anciana, durmiendo en el lado de Matías. Aunque me sobresaltaba cada vez que tenía una visión (porque aparecían siempre en el lugar o el momento menos esperado), me gustaba ver a mi abuela, tuviera la edad que tuviera.

Curiosamente, ni en la ducha ni en el desayuno vi más apariciones, así que, por una vez, iba con tiempo a trabajar.

Justo cuando ya tenía la chaqueta y el bolso y estaba a punto de salir, me topé conmigo misma en el salón poniéndome un jersey.

Pero ese jersey no era mío, no lo había visto nunca.

La yo de la visión se probaba el jersey, que por cierto le quedaba genial, y lo enseñaba más o menos en mi dirección mientras decía algo.

El jersey era verde claro, cerrado en el cuello y con un poco de escote en la espalda; parecía de cachemira, pero al no poder tocarlo no sabría decir bien.

Ni yo me había probado un jersey en el salón de casa de mi abuela ni tenía ese en concreto, por lo que la única explicación era que esa visión pertenecía al futuro.

¿Y eso era lo que tenía mi futuro que decirme? ¿Que me comprara un jersey?

Era absurdo.

Lo que sí podía decir era que parecía hecho para mí.

Pero también era absurdo.

Acabó esa visión cuando delante de mí se abrió la puerta de mi casa.

Y se me olvidaron el futuro, el jersey y si era o no cachemira.

Primero apareció una niña pequeña a la que reconocí enseguida: era yo. Tendría unos siete años y entraba corriendo con una sonrisa que me llenaba toda la cara. Me faltaban los dos dientes del centro, lo que me daba un extraño aspecto de vampiresa infantil.

Y detrás venían mis padres. Durante este tiempo había visto a mi padre regularmente, pero cuando era pequeño o adolescente. Era la primera vez que me topaba con él de adulto, de padre, y eso me impresionó. Pero lo que me derrumbó del todo fue encontrarme con mi madre. ¡Cómo la había echado de menos!

Estaba como la recordaba. Los pómulos, la boca, los ojos... Todo igual.

En el monedero tenía una foto de mis padres que de vez en cuando me encontraba cuando iba a pagar con tarjeta. Esa foto debía de ser de esa misma época, porque mi madre estaba exactamente igual, con el mismo corte de pelo y todo.

Supongo que tanto tiempo sin ella había hecho que la idealizara, porque en mi memoria mi madre era casi como una princesa. Sin embargo, la mujer que tenía delante era muy terrenal, muy normal. No quiero decir que eso fuera malo; todo lo contrario, me encantó sentirla tan «humana».

Me puse a llorar como una magdalena mientras ella entraba tan tranquila con un pastel en las manos.

Yo estaba paralizada junto a la puerta conforme ellos se comportaban de una manera cotidiana, normal. Vi a mi abuela, que se asomaba al fondo y abrazaba a la pequeña vampiresa en la que yo estaba convertida y besaba a mis padres. Entonces desaparecieron.

Yo no pude moverme del sitio durante un buen rato, que no sabría cuantificar. En cierto modo, me estaba habituando a asistir como espectadora a los hechos que habían ocurrido en esta casa, pero siempre desde fuera. Sin embargo, aquello fue diferente: muy dentro de mí brotó toda mi infancia de nuevo. No necesitaba ver mi cuarto, ni mis juguetes ni mis muñecos para sentirlo todo a la vez. Volvió a mí con imágenes, sonidos y olores. Me dio un vuelco el alma cuando vi a mis padres. Para poder expresar lo que me supuso esto necesitaría ampliar mi vocabulario.

Cuando pude dejar de llorar, cogí de nuevo la chaqueta y el bolso, que había dejado caer a mi lado junto a la puerta, y me fui a trabajar.

Durante todo el camino hacia la librería estuve tratando de recordar ese día. Supongo que sería el cumpleaños de Vivi, o quizá el mío, y nos habíamos ido a celebrarlo a su casa. O igual fue otra celebración; no sé, no conseguí (ni consigo) recordarlo.

No volví a acordarme del jersey hasta la mitad de la mañana cuando un repartidor vino con dos cajas de libros que pesaban un quintal. Me acerqué a sujetarle la puerta y entonces lo vi en el escaparate de la tienda de enfrente.

Por un momento se me pasó por la cabeza que todo iba encaminado a una especie epopeya cuyo primer paso era la compra de ese jersey, que parecía diseñado para mí, y que luego iría avanzando a través de una serie de pruebas para demostrar mi valía como heroína hasta acabar con los malos tratos de mi abuela.

Luego pensé que eso era una tontería como un templo.

Pero ¡el jersey estaba allí, en la tienda de enfrente de la librería!

Apenas pude tomarme un descanso fui a verlo. Era el mismo, no había ninguna duda.

No pude evitar la tentación de probármelo.

Era una maravilla. Ya sabía cómo me quedaba, pero es que además el tacto que tenía era maravilloso. No tuve más remedio que cogerlo y ponerme en la cola de la caja para comprarlo.

Pero entonces se despertó en mí una pequeña rebeldía. ¿Qué pasaría si no lo comprara? ¿Podría rebelarme contra mi futuro? ¿Estaba realmente tan predeterminado como parecía o podía elegir mi propio camino, aunque fuera con algo tan prosaico como comprar un jersey?

Pensé en las posibles consecuencias de contradecir o traicionar al futuro. ¿Explotaría el mundo? ¿Se juntarían todos los presentes, pasados y futuros y dejaría de existir el tiempo?

De pronto me sentí muy tonta jugando a la ciencia ficción, así que decidí desafiar al futuro. Dejé con cuidado (y mucho dolor de corazón) el jersey en un expositor y volví al trabajo.

Durante el resto de la jornada el jersey estuvo gritándome desde el escaparate para que le sacara de ahí, pero yo permanecí fuerte, como Ulises ante las sirenas. Solo que a mí me quedaba mejor el jersey que a él la falda, todo hay que decirlo.

Como a media tarde se me pasó por la cabeza una idea que no había tenido en cuenta: si no hacía caso al futuro, ¿sería castigada por él y se me acabarían las apariciones? Por el miedo a que esto ocurriera estuve a punto de salir corriendo a comprarlo, pero conseguí mantenerme firme.

Tener esas visiones me hacía especial, única en el mundo, y una tiene un ego que alimentar y pocas ocasiones para hacerlo, pero por otra parte sabía que Matías agradecería que dejara de tenerlas y que mi relación con él se relajaría.

Como en todo, había pros y contras, pero por encima de todo no sabía cuáles iban a ser las consecuencias, si es que las había. Igual no hacía caso y las visiones continuaban o, al contrario, iba como una tonta con mi jersey nuevo a casa y no volvía a tener ninguna.

Supongo que durante ese día cambié de opinión unas dieciséis veces y volví a cambiar dieciséis veces más, pero al final decidí que había tomado una decisión y la iba a mantener. El jersey se quedaría en la tienda y no me lo probaría en mi salón.

Con la satisfacción de haber vencido a un ente superior como es el futuro, me fui a casa pasando por delante del escaparate toda digna.

Cuando llegué, lo primero que hice fue plantarme en el sitio donde me vi a mí misma con el jersey y me puse a gritar a las visiones, o a la casa, o a quien provocara esas cosas.

Le dije que le había vencido; me reí preguntándole si me iba a hacer tener una visión nueva o cómo iba a anular la que no se iba a dar.

La casa no dijo nada, solo me regaló una visión. De repente, me encontré a mí misma un segundo antes; es decir, si yo hacía un gesto, la yo de la visión lo repetía.

Y todo el mundo sabe que ante una situación así el coeficiente de inteligencia mengua al menos veinte puntos, así que me puse a hacer el tonto por todo el salón subiendo y bajando del sofá y viendo cómo mi otra yo me seguía haciendo las mismas tonterías.

Yo, la aspirante a intelectual. En lo que había quedado.

Oí el cerrojo de la puerta y tuve el tiempo justo para recolocarme y que Matías no me encontrara en esa situación. Aun así, debió de ver algo raro, porque según entró me preguntó si estaba bien.

Le dije que sí, y no mentía; hasta ese momento había sido un día fantástico.

Como había aprendido, antes de contarle nada le pregunté por su jornada.

—Aburridísimo. Hoy tocaba revisar facturas y creo que no hay nada peor en el mundo.

Normalmente el día a día en la asesoría era lo peor del mundo. Si era día de facturas era aburrido; si era un cierre trimestral un infierno. A esas alturas ya le había repetido más de cien veces que lo dejara todo y se dedicara a la música, pero me decía que no podía dejar la asesoría en ese momento.

Nunca era el momento adecuado.

Iba a responderle algo para que se alegrara un poco cuando vi que mi abuelo se dirigía a la cocina.

Yo quise disimular y no mirarlo. Matías estaba cada vez más cansado de las visiones. Él quería tener una vida normal.

Pero no sabía hacerlo.

—¿A quién estás viendo ahora? —me preguntó con fastidio.

—A mi abuelo. Me da mal rollo.

Matías miró en la dirección de mi mirada.

—¿Por? —preguntó extrañado, pues seguía sin contarle nada de los malos tratos a Vivi.

Había algo en el modo de andar de mi abuelo que me había alarmado, así que me fui detrás de él hacia la cocina.

Oí a Matías bufar detrás de mí.

Cuando llegué a la cocina, mi abuela estaba echándole unos garbanzos a un cocido o algo así. Me llamó la atención porque Vivi nunca había hecho un cocido para mí. Supongo que dejó de cocinar cuando se quedó sola.

En una trona junto a la mesa estaba mi padre con unos dos años. Tenía puesto el babero y mordisqueaba una punta de pan, supongo que esperando a que le hicieran su comida.

Mi abuelo le gritó a mi abuela por algo que yo no era capaz de escuchar. Ella le respondió y él la cogió del pelo. El niño que iba a ser mi padre rompió a llorar.

No pude evitar gritar; aunque fuese consciente de que era una visión y era una situación que ya había pasado, en ese mismo instante estaba sucediendo delante de mí. No era una película, era real.

—¡No! —grité.

Mi abuelo llevó del pelo a mi abuela hasta la olla y casi le metió la cabeza en ella. Miré al bebé, que no dejaba de llorar. Imagino que el estruendo de la escena debió de ser tremendo. Mi padre tenía la cara llena de lágrimas y mocos, Vivi forcejeaba tratando de que la soltaran y yo estaba histérica sin poder hacer nada.

Matías, supongo que al oírme gritar, entró a la cocina.

—¿Qué pasa?

—¡Le está haciendo daño!

Mi abuelo tiró a Vivi al suelo, le dijo algo a pocos centímetros de la cara muy enfadado y se fue. Mi abuela se quedó llorando con el pelo delante de la cara.

Mi padre lloraba sin consuelo.

Me vi obligada a hacer algo. Me acerqué rápidamente a ella y le pasé la mano por delante de la cara, como si le diera un bofetón. El pelo de mi abuela se movió como si una ráfaga de aire hubiera aparecido de la nada.

Vivi levantó la vista y se limpió las lágrimas y los mocos con la manga de la blusa.

Repetí el movimiento, le di otro bofetón al aire. Su melena se movió otra vez. Vivi dijo algo que por supuesto no entendí y esbozó media sonrisa.

Estaba aliviada de no sentirse sola. Yo, el fantasma, estaba con ella.

El fantasma bueno.

Entonces oí la voz de Matías detrás de mí.

—¿Qué haces?

Y me di cuenta de que estaba a cuatro patas en el suelo dándole manotazos al aire con todas mis fuerzas.

Desde el punto de vista de Matías debía de ser casi como esos espectáculos de danza contemporánea que tanto me gustaban a mí y tanto aborrecía él. Decía que eso no era danza.

No se puede estar de acuerdo en todo.

La imagen de mi abuela desapareció.

—Consolarla; mi abuelo le ha pegado —le expliqué a Matías.

Él levantó las cejas casi imperceptiblemente. Supongo que estaba intentando reprimirse y no decir nada. Me puse de pie junto a él.

—Creo que ya sé para qué son las visiones —sentencié.

Matías no parecía en absoluto interesado en que le contara mis descubrimientos, pero le convencí para que me dedicara cinco minutos prometiéndole que luego no hablaría del tema en todo el día. Supongo que esa última afirmación fue la que hizo que se lo pensara.

Nos fuimos los dos al sofá del salón y traté de contarle mi teoría.

Le dije que creía que las visiones eran porque yo tenía que ayudar a mi abuela a librarse de los malos tratos de mi abuelo.

—Eres consciente de que tu abuelo murió, ¿no?

Claro que era consciente, pero para algo serían las visiones.

—Ya lo sé. Igual tengo que hacer yo algo.

—¿Como qué?

—No sé, hacer algo para que Vivi se libre de él.

—¿Matar a tu abuelo? —preguntó con ironía.

¿Y si fuera eso? ¿Tenía que matar a mi abuelo en el pasado?

Supongo que mi cara me delató, porque Matías me dijo:

—¿No crees que se te está yendo todo un poco?

Tenía que ser otra cosa.

—Matarle no, pero tengo que ayudar a mi abuela —me defendí.

—Esto ocurrió hace un montón de años. Sabemos que tu abuelo murió y que tu abuela crio sola a tu padre. ¿No puedes dejarlos un poco en paz? —Matías empezaba a hartarse.

Era muy difícil pensar así, con Matías metiéndome mucha más presión de la que yo misma me estaba metiendo. No sabía si tenía que matar a mi abuelo, o asustarlo, o darle un escarmiento. Lo único que tenía claro era que tenía que ayudar a Vivi, fuera como fuera.

—Tú no has visto cómo sufría mi abuela —le solté molesta a Matías.

—Exacto, cómo sufría en el pasado. Ya no sufre, está estupenda —me señaló ya bastante cansado.

Se levantó del sofá y se fue hacia su estudio.

—Me voy a tocar un rato —dijo antes de desaparecer.

Yo pensaba que Matías, con lo que quería a Vivi, iba a reaccionar de otra manera, pero estaba tan harto de todo lo que rodeaba a las visiones que no quería oír hablar de nada que viniera de ellas.

Así que estaba sola en esto.

Tenía una misión e iba a aprovechar la mínima oportunidad para cumplirla. No sabía qué iba a hacer ni cómo, pero pensaba llegar hasta el final.

Estaba decidida.

25

Justo a la mañana siguiente estaba en El Extranjero colocando libros en las estanterías de Narrativa Hispanoamericana cuando se me acercó una chica jovencita; no debía de tener más de treinta años. Me preguntó si trabajaba en la librería; yo miré la caja de donde estaba sacando los libros y la miré a ella. Sonreí.

—Sí, dime.

—Estoy buscando un libro.

La miré esperando que continuara después de esa obviedad.

—Se llama *El desafío de Cartago* —añadió.

Le indiqué que me siguiera hasta un ordenador y metí el nombre en el buscador. Me salió una entrada.

—¿De Francisco Valdés?

—Creo que sí —respondió.

—Nos queda uno —le informé y me fui hasta la sección de Novela Histórica.

Lo encontré rápido y se lo di.

—¿Algo más?

—No, gracias.

Se fue a la caja a pagar y yo seguí colocando libros en la estantería. Posiblemente no me acordaría de este pequeño encuentro, que era igual a otras decenas de pequeños encuentros que tenía durante el día, si no fuera porque a esta chica la volvería a ver en numerosas ocasiones durante las próximas semanas.

Como todavía no sabía que eso iba a ocurrir, seguí trabajando, sin pensar en nada más. Más tarde, estaba colocando novedades en las estanterías de Ficción cuando me dieron un susto de muerte.

—¡Felicidades! —Oí un grito a mi espalda.

Casi me da un infarto. Me giré con un libro en la mano y me encontré a Santiago y a Max, como si fueran niños, con gorritos de fiesta y un regalo en las manos. Todos los clientes me miraban.

Al menos podrían haberlo hecho en un momento en el que no hubiera mucha gente.

De todas formas, no era mi cumpleaños. Faltaban todavía dos meses.

—¿Por qué felicidades?

—Por el aniversario —me desveló Max.

—¿Qué aniversario?

—Hoy hace diez años que trabajas aquí —añadió Santiago.

La verdad es que era muy divertido verlos juntos con esas pintas, como si fueran un dúo cómico.

El problema era que no era mi aniversario. Al menos no el décimo.

—¿Diez años ya? ¿Seguro? —pregunté.

Se quedaron los dos dudando. Max se quitó el sombrero y miró a Santiago.

—¿A que te has equivocado otra vez? Abuelo, ¿no podemos fiarnos de ti ni para eso?

Santiago, que también se había quitado el sombrero, se defendió.

—Yo juraría que era hoy. Susana, ¿es hoy? —me preguntó buscando aliados.

—Creo que sí es hoy, pero no diez años.

Los dos me miraron asintiendo levemente.

—¿Nueve? —preguntó Max.

—Me suena que sí. Bueno, casi seguro que sí; dame un momento y lo compruebo.

—Deja, deja... —dijo Max—. ¡Feliz noveno aniversario!

Estaban los dos tan graciosos que decidí seguirles la corriente y puse una exagerada cara de sorpresa.

—¡Hala! Os habéis acordado, qué detalle —exclamé feliz.

Max me dio dos besos y Santiago, un abrazo interminable, de esos que me encantaban. Luego Max cogió el regalo de las manos de Santiago y me lo dio.

—Hemos estado buscando durante meses algo para el noveno aniversario y esto es lo más adecuado que hemos visto —dijo.

Yo lo abrí sonriendo, pero me quedé helada cuando vi el contenido del paquete. Efectivamente, era el jersey de la tienda de enfrente.

Mi cara de sorpresa fue totalmente sincera al abrir el regalo. Ellos estaban encantados con mi reacción.

Intenté que no se me notara lo que me había impresionado y les di dos besos a cada uno de ellos. A pesar de ser los mensajeros del futuro, Sebastián y Max eran maravillosos y yo era muy afortunada de estar a su lado.

Miré el jersey, era escalofriantemente precioso.

Que hubiera vuelto a mí quería decir que no podía escapar del futuro. Hiciera lo que hiciera me iba a perseguir con ese jersey hasta que yo cediera. No podía hacer nada al respecto.

Así que cedí.

Me llevé el jersey a mi casa y aproveché que Matías no estaba para ponérmelo y enseñárselo a la casa y a mi yo del pasado.

—Hola, parece que el futuro siempre gana, ¿no? Pues, hala, aquí tienes el jersey —grité enseñándolo.

Justo en ese momento entró Matías en la casa. Me quité el jersey y lo guardé en la bolsa. Cada vez estábamos más distantes por el tema y no me apetecía echarle más leña al fuego.

Me dio un beso que me supo a protocolo y se quitó la chaqueta. Hablamos muy poco; no parecía que tuviera un buen día.

La conversación fue más o menos así:

—¿Qué haces ahí? —me preguntó.

—Acabo de entrar y te he oído. ¿Qué tal el día?

—Normal. ¿Y el tuyo?

—Igual, tirando a aburrido.

—¿Qué llevas en la bolsa?

—Un jersey.

—Muy bien. Voy a cambiarme.

Y fue a cambiarse.

Así estaba nuestra vida en esos momentos, muy a mi pesar.

26

Serían como las cuatro de la mañana y dormíamos cada uno a nuestro lado de la cama. Una luz me despertó. Abrí un ojo y vi que era la del cuarto de baño. Yo no recordaba haberla encendido, así que maldije a Matías por habérsela dejado y, cuando me iba a levantar para apagarla, salió una chica desnuda del baño. Iba feliz, como dando saltitos. Se paró delante de la cama y se puso a hablar. Solo entonces me di cuenta de que era una visión, porque no podía oírla.

Se sentó en la cama justo en el lado de Matías y me sorprendí al descubrir que era la chica que había ido a El Extranjero esa mañana pidiendo una novela histórica.

No entendía nada. ¿Por qué había una chica desnuda en mi cama? ¿Era pasado o futuro? La chica sonreía mostrando su cuerpo sin pudor.

La luz del baño se apagó de nuevo y Matías dormía tranquilamente justo donde la chica se había sentado.

¡Matías me engañaba!

Cómo podía ser tanta casualidad que hubiera conocido a la chica la tarde anterior. Igual ella había ido a la librería solo por el morbo de conocer a la pareja de su amante, o quizá fuera una visión del futuro y en una semana o dos se cruzarían en El Extranjero y empezarían a quedar a escondidas.

¿Qué estaba pasando?

No podía dejar de darle vueltas sentada en la cama a las cuatro y diecisiete de la mañana mientras a mi lado Matías dormía como un niño. ¿Cómo era posible?

¿Tan mal estábamos y yo no me había dado cuenta? Sabía que Matías no estaba a gusto con las visiones, pero de ahí a meter a una chica en nuestra cama había una gran diferencia. Si ya no quería estar conmigo, ¿por qué no me lo decía?

O quizá fuera que ya no le satisfacía sexualmente y por eso tenía que buscar algo fuera. Creía que nos compenetrábamos bien en ese aspecto, pero tal vez ya se había cansado de hacerlo tanto tiempo con la misma persona. A lo mejor el problema se reducía a que yo era aburrida en la cama, o no tan divertida.

¿Qué podía hacer?

Mil cosas pasaban por mi cabeza. ¿Cómo no me había dado cuenta? Era cierto que últimamente había estado muy raro e irascible, pero nada me había hecho suponer que tuviera una amante.

Sus rutinas continuaban siendo las mismas; no había comprado ropa nueva ni se había hecho nada diferente en el pelo. No había ninguna pista que indicara que me estaba engañando y, sin embargo, las visiones no mentían.

Prácticamente no dormí en toda la noche.

Cuando sonó el despertador a las siete de la mañana, él me besó en un hombro. Se me puso la piel de gallina. De pronto no quería que me tocara.

Se levantó y se metió en la ducha.

En cuanto oí el ruido del agua cayendo, salté hasta su mesilla y cogí su móvil.

Ya sé que eso no se hace y que hay que respetar la privacidad de las personas y su espacio. Sé todas esas mierdas, pero cuando te encuentras ante una situación así lo último en lo que piensas es en los derechos humanos.

Desbloqueé rápidamente el móvil y abrí su aplicación de mensajería instantánea. Miré los últimos mensajes, aunque el nombre del contacto fuese masculino; si Matías estaba intentando esconder una infidelidad, no lo dejaría muy evidente. No encontré nada.

Miré sus fotos. Por suerte, Matías no era muy aficionado a inmortalizarlo absolutamente todo con su móvil. De hecho, no entendía que la gente lo hiciera, así que no tenía muchas fotos guardadas y la mayoría eran conmigo. Tampoco había nada sospechoso en ellas.

Entré en sus redes sociales, pero no tenía como amiga a la chica de la visión ni ningún mensaje que indicara ningún desliz.

Nada que desvelase una infidelidad. Se podía decir que Matías era tecnológicamente aburrido.

Oí cómo salía de la ducha. Cerré todas las aplicaciones, dejé el móvil justo donde estaba y me acosté de nuevo de espaldas a la puerta del baño.

No tardé en oír cómo entraba en la habitación y empezaba a vestirse.

Continué haciéndome la dormida mientras pensaba que igual Matías no me había engañado todavía, que lo que estaba viendo no era el pasado, sino el futuro.

O quizá había sido solo un rollo de un día, o una noche. Primero pensé que eso no podía ser porque yo había estado todas las noches en casa, pero luego caí en que quizá yo pensara que era de noche porque habían cerrado las persianas y lo mismo estaba tirándosela mientras yo trabajaba en la librería.

¿Conocería ya a la chica? ¿Habrían empezado ya a flirtear? Igual trabajaba con él en la asesoría.

Los siguientes días fueron espantosos. Cada vez que entraba alguien en El Extranjero me giraba a ver si era esa chica y cada vez no lo era. Cuando volvía a casa, buscaba señales que me indicaran si ya estaba engañándome o todavía no.

Era un sinvivir.

Entonces, un día, Matías me llamó para decirme que no podía venir a comer conmigo, que tenía mucho trabajo y que se quedaba en la asesoría. Me dijo que comería algo rápido en el bar que tenía debajo de la oficina y que después volvería a trabajar. Por supuesto, pensé lo peor.

Sé que no debí hacerlo, pero no pude evitarlo. Salí pronto a la hora de comer y me dirigí rápidamente a la zona del trabajo de Matías. El bar donde me dijo que iba a tomar algo estaba justo debajo de su oficina y era al que iban cuando tenían una situación de emergencia y necesitaban alimentarse de un modo rápido para poder seguir trabajando sin morir de inanición. Era una cafetería de las de toda la vida, de esas que tienen churros por la mañana y ponen las tapas sobre el mostrador en expositores de cristal.

No me hizo falta acercarme mucho, ya desde la esquina se veía perfectamente a través de las cristaleras. Matías estaba de pie en la barra, solo, con un pincho de tortilla y una Coca-Cola.

Por un lado, me sentí muy tonta por haber ido y por estar espiándole, pero por otro necesitaba que Matías hiciera algo. Si me iba a engañar, que lo hiciera cuanto antes; era espantoso vivir con esa incertidumbre.

Volví corriendo a casa. Quería ver si alguna visión me daba más información de lo que iba a pasar.

Lo primero que me encontré fue a mí misma en mi peor versión, cuando tenía unos quince años y trataba a mi abuela fatal. Estaba merendando y echándole en cara que el zumo que me había hecho tuviera algo de pulpa. ¿Cómo pude ser tan estúpida y no acordarme?

Ni en el dormitorio ni en las demás habitaciones pude toparme con alguna estampa más. Solo en el baño me encontré a alguien.

A mí.

Estaba duchándome. Me quedé mirando mi cuerpo desnudo y comparándolo con el de la chica del otro día. Ella no tenía ni tripita ni los pechos un poco caídos. Es cierto que yo tenía más pecho que ella y la gravedad es algo normal, pero me daba mucha rabia.

Cuando volví al salón, me encontré a Matías besándose con una chica sobre el sofá. Me acerqué absurdamente despacio, pues estaba claro que no podían oírme llegar. Cuando estaba a menos de un metro, ellos se giraron y vi que la chica era yo misma. Recordé el momento. Llevábamos apenas tres días en la casa y aún no habían empezado las visiones. Lo único que teníamos era la alegría de la casa nueva.

¿Todo lo que estaba ocurriendo en la casa de mi abuela nos estaba separando?

Definitivamente era mucho mejor vivir en la ceguera. Si no hubiera visto nada, ni del pasado ni del futuro, en ese momento me hubiese sentido feliz con todo lo que tenía.

Me senté junto a ellos y, apenas desaparecieron, me tumbé en el sofá.

¿Qué podía hacer para pararlo?

27

Los días siguientes no fueron mejores.

No había tenido más visiones con la chica, por lo que supuse que fue (o sería) cosa de un solo día.

Yo estaba cada vez más susceptible y todo lo que decía Matías me molestaba. Tuvimos nuestra primera gran discusión. Yo no quería decirle lo que había visto, porque lo encontraba tramposo. Jugaba con ventaja, por lo que no quería utilizarlo. De hecho, en los últimos días casi no le había contado ninguna aparición. No quería que tuviera motivos que le empujaran a engañarme.

La conversación empezó muy tonta, con el típico «¿qué te pasa?» respondido con el más típico aún «¿qué te pasa a ti?». Luego tomó los derroteros habituales en estas conversaciones en forma de «estás muy rara» y la habitual réplica de «¿no serás tú el que está raro?».

Es muy cansado reproducir la conversación, pero creo que es fácil de entender cómo se desarrolló.

Esa noche tuve un sobresalto que me puso de nuevo en mi camino, porque me había despistado mucho con la infidelidad de Matías.

Yo estaba durmiendo cuando noté que él se levantaba. Al mirar bien me di cuenta de que Matías seguía en la cama y que otro Matías se había levantado para ir al baño.

Le toqué al que estaba a mi lado un brazo para asegurarme de que era el real y me fui al baño a ver qué hacía el otro.

El Matías de la visión había cerrado la puerta, con lo cual tuve que guiarme con las manos para notar que estaba medio abierta en el presente, porque con la visión no podía ver bien. Cuando entré, estaba sentado en la taza con el móvil encendido a pocos centímetros de la cara. ¡Esa era la prueba que necesitaba! Se escondía en el baño para enviarle mensajes a la zorra de la librería. Me giré rápidamente para ver qué ponía en la pantalla. Era una grabación de un concierto y, si tenía el teléfono tan cerca, supongo que era para poder oírlo sin despertarme.

Me sentí muy tonta una vez más, y eso se estaba convirtiendo en una costumbre.

Me acerqué a él y le hablé. Ya sé que no es el mejor indicativo de salud mental el conversar con una visión, pero hay gente que les habla a los peces, a las plantas o a las películas de la tele y nadie dice nada.

—¿Por qué? ¿No tienes suficiente conmigo?

Obviamente no dijo nada.

—¿Cuándo lo vas a hacer? —insistí.

Siguió sin hablarme, así que decidí volver a la cama.

Cuando salí del baño, me encontré a Matías despierto. Supe enseguida que era el de verdad porque hablaba y yo le oía.

—¿Todo bien? —preguntó.

Me metí en la cama.

—Todo muy bien.

Pero la explicación no le debió de satisfacer, porque insistió.

—Te he oído hablar en el baño.

Tuve que mentir, porque decirle que había ido a espiar cómo se sentaba en el váter a hacer sus necesidades mientras veía conciertos no me parecía la mejor de las explicaciones.

—Una canción que no puedo quitarme de la cabeza —mentí.

—¿Cuál?

Esto se estaba pareciendo a un interrogatorio y no me gustaba nada. Además, no era yo quien estaba haciendo algo malo, o lo iba a hacer.

—Una, déjalo. Vamos a dormir que mañana tengo mil cosas que hacer.

Le di un beso para zanjar la conversación y, cuando me iba a girar para dormir, un hombre vino hacia nosotros dando tumbos.

No pude evitar gritar y salté fuera de la cama. Oí a Matías preguntarme que qué pasaba, pero no podía responder.

El hombre era mi abuelo, que entraba en la habitación con pinta de haber bebido. Según avanzaba, se iba quitando ropa. Cuando llegó a la cama, quitó la sábana de golpe y dejó a mi abuela destapada, vestida con su camisón.

A Matías no lo veía, supongo que yo estaba dentro del espacio de la visión y no veía el presente, pero le oía preguntarme una y otra vez que qué pasaba, que si estaba bien.

Mi abuelo estaba manoseando a Vivi. Esta al principio no sabía muy bien qué estaba pasando, pero, en cuanto se despertó lo suficiente, intentó defenderse.

Mi abuelo le dio un bofetón y la agarró del cuello. Con la otra mano le levantó el camisón. Mi abuela, lejos de acobardarse, luchaba intentando que no fuera a más.

No lo consiguió.

Otro bofetón y la presión sobre su cuello hicieron que la cara se le pusiera morada. Estaba a punto de desmayarse. Él aflojó la presión y se quitó el pantalón y el calzoncillo con un movimiento. Luego le levantó otra vez el camisón a Vivi.

No pude evitar gritar. Era tan real lo que estaba viendo a escasos centímetros de mí que no podía quedarme quieta.

—¡Déjala! —grité.

E intenté golpear a mi abuelo, pero mis manotazos solo le movían un poco el pelo. Matías apareció entre la visión y me abrazó. Lo aparté como pude porque solo quería ayudar a mi abuela. Ella lloraba con la cara amoratada e hinchada por los bofetones. Mi abuelo había conseguido abrirle las piernas y estaba violándola.

Yo también lloraba, impotente.

Vivi quería irse de allí y, desesperada, se revolvía, pero mi abuelo de nuevo la cogió por el cuello y no la soltó hasta que terminó, que afortunadamente fue pronto. Al muy hijo de puta debía de excitarle pegarle a su mujer, porque acabó prontísimo (aunque a mí me pareció una eternidad).

Fue espantoso. Y, si yo sentí eso, no quiero ni imaginar lo que tuvo que sufrir mi abuela.

Apenas el cerdo de mi abuelo terminó se dejó caer junto a Vivi en la cama. A los pocos segundos la visión terminó.

Yo no podía moverme. Todo el cuerpo me temblaba y no podía dejar de llorar. Matías estuvo abrazándome durante horas. Esa noche no dormimos.

Yo lo tenía clarísimo. No sabía cómo, pero iba a sacar a mi abuelo de la vida de Vivi.

28

Después de todo lo que había visto, estaba muy nerviosa por visitar de nuevo a Vivi.

Quería estar normal con ella, pero sabía que me iba a ser muy difícil. Necesitaba conocer más sobre mi abuelo y que ella me dijera cuándo o cómo se fue, pero no podía preguntárselo directamente.

El domingo fui a la residencia, como casi todos los domingos. Le pedí a Matías que me acompañara. Supongo que, dado el estado de mis nervios, accedió.

No tenía ni idea de cómo encarar el tema. La noche anterior me había quedado hasta las tantas hablando con Matías y estábamos de acuerdo en que lo mejor era no mencionarle los malos tratos, así que no sabía muy bien lo que le iba a decir.

Entramos hasta la sala común, donde la encontramos jugando a las cartas con algunos compañeros. Tuvimos que esperar un cuarto de hora a que terminara la partida ya que iba ganando y en esas circunstancias no había ser humano capaz de sacarla de la timba.

Cuando terminó de desplumar a los abuelos, nos fuimos al jardín a dar un paseo.

Supongo que ni Matías ni yo valíamos como actores, porque apenas habíamos andado cincuenta metros cuando mi abuela nos preguntó que qué nos pasaba.

—¿Está todo bien?

Matías y yo nos miramos como si nos hubieran pillado in fraganti cometiendo un delito. ¿Cómo podíamos disimular tan mal?

—Claro que sí, Vivi —mintió Matías.

—Tenéis cara de que me vais a decir que os separáis o algo así.

Matías y yo nos reímos un poco forzadamente.

—¡Qué va! No creo que encuentre a otro como Matías —dije yo.

—Al menos por este precio —apuntó él.

Definitivamente no había nacido un nuevo dúo humorístico.

Enseguida dirigí la conversación hacia ella. Me cogí a su brazo.

—¿Cómo estás tú?

—Vieja.

Mi abuela tenía ese talento de hacer que las conversaciones no se alargaran indefinidamente. Con una sola palabra era capaz de terminar un tema, así que me vi obligada a pasar al siguiente.

—Estábamos pensando que podríamos hacer una merienda en casa, así ves cómo ha quedado —le propuse.

La idea era invitarla con cualquier excusa para luego hablar sobre los recuerdos de familia y sacar lo de mi abuelo. Sé que no era un plan demasiado elaborado, pero ni Matías ni yo nos distinguíamos por ser grandes estrategas.

—Prefiero recordarla como era cuando yo vivía allí.

Esto no iba a ser fácil.

—¿No tienes curiosidad por verla?

—No —respondió con total franqueza. Ya he dicho que era especialista en cerrar temas de conversación.

Nos iba ganando por goleada. Matías quiso echarme un cable.

—Si quieres el sábado que viene te recogemos con el coche y antes de la cena estás de nuevo aquí.

Pero eso tampoco funcionó; de hecho, lo único que provocó fue su retirada.

—Estoy muy cansada, creo que voy a volver a mi habitación.

Y se dio la vuelta para regresar a la residencia. En menos de ciento cincuenta metros le habíamos quitado las ganas de pasear, y sin nombrar a mi abuelo.

La verdad es que éramos muy efectivos.

—Solo queríamos que salieras un rato y que vieras la casa, pero no te preocupes, hablamos de otra cosa —dije yo intentando tranquilizarla.

Pero la decisión ya estaba tomada. Vivi no habló más, caminó hacia la puerta que daba acceso a la residencia y solo cuando llegó se paró para despedirse.

—Que tengáis una buena semana, y tú trae la guitarra la próxima vez que vengas, que algo de música no nos vendría mal.

Y se metió sin darnos ni un beso.

29

Ya casi me había olvidado de ella con todo lo de mis abuelos, así que cuando la puerta de El Extranjero se abrió me quedé sin aire.

La chica que iba a destrozar mi relación entró hasta el fondo de la librería, directa a la sección de Novela Histórica que yo le había enseñado.

Estuve tentada de asaltarla, cogerla del pelo y estamparla contra uno de los expositores centrales, o también de llevarla a un aparte y preguntarle si no tenía decencia ni sitios donde saciar su apetito. Pero me acerqué de manera pacífica.

—Hola, ¿puedo ayudarte en algo?

La verdad es que mis primeras palabras fueron muy distintas a como había imaginado ese encuentro más de cien veces. En las pocas versiones en mi cabeza en que nos veíamos y no había directamente violencia, en ninguna le preguntaba si podía ayudarla en algo.

Nunca dejaría de sorprenderme a mí misma.

—No, gracias. Estaba mirando.

—Muy bien; si necesitas algo, estoy por aquí. —Y me fui a la caja.

Había un cliente que estaba esperando para pagar dos libros. Le cobré sin perder de vista a la zorra con la que Matías me iba a engañar (a esas alturas estaba casi segura de que no había ocurrido todavía).

Aún no le había dado el tique al cliente cuando vi cómo ella cogía un libro y venía hacia la caja.

Miré el libro: *El territorio perdido,* de Mateo Díaz, y mientras lo pasaba por el escáner le pregunté:

—¿Qué tal *El desafío de Cartago*?

Me miró por primera vez.

—¿Lo recuerdas? Con la cantidad de clientes que tenéis...

Claro que lo recordaba.

Cuando se lo vendí, no le hice el más mínimo caso, pero a la mañana siguiente, apenas tuve oportunidad, me puse a buscar en el historial de ventas del ordenador cuál era el libro que le había vendido.

Y por supuesto ya no se me olvidaría nunca.

También estuve mirando si podía conseguir alguna información a partir del pago con la tarjeta de crédito, pero no sale el nombre ni nada, así que dejé mis instintos psicópatas para mejor ocasión. Y ahora que la tenía delante de mí tampoco debía sacarlos. Le sonreí con la que pensé que era la menos falsa de mis sonrisas.

—Me gusta mucho la novela histórica —respondí.

Mejor una frase neutra que quedar como una psicópata.

—Está muy interesante —me dijo.

—¿Aún no lo has acabado? —pregunté fingiendo interés.

—Llevo poco más de la mitad.

—¿Y ya estás comprando otro?

—Acabo de trasladarme a la zona. Intuyo que me vais a ver bastante por aquí —contestó con una sonrisa.

¡Acababa de trasladarse a la zona! Esa era la zona de la librería y también de la asesoría de Matías. Estuve tentada de preguntarle si había empezado a trabajar en este barrio o cuál era el motivo del cambio, pero una vez más me pudo la discreción.

—Bienvenida al barrio. Quince cincuenta.

Ella sacó la tarjeta y yo metí la cantidad en el datáfono y se lo acerqué. Pude ver que se llamaba Carla, pero no distinguí su apellido porque su dedo me lo tapó.

Metí el libro en una bolsa de papel con el recibo y se lo di.

—Hasta pronto —se despidió.

—Hasta pronto.

Y se fue.

¿Quién no ha tenido el impulso psicópata de perseguir a la persona con la que se va a acostar su novio?

Yo sí, y suelo seguir mis impulsos.

Así me ha ido.

Sabía que se llamaba Carla, pero quería saber más de ella. Le pedí a Santiago que me cubriera. La verdad es que no sé si me dijo que sí o que no, porque me fui corriendo sin esperar su contestación.

Cuando salí, la vi girar la esquina de la izquierda. Ese era el camino que yo tomaba siempre para ir a recoger a Matías a la asesoría.

Me mantuve a una prudente distancia, sintiéndome a la vez excitada y ridícula jugando a los espías por la calle.

Un par de cruces más adelante giró a la izquierda. Al menos esa ya no era la dirección de la asesoría. Cuando llegué a la esquina, observé que se había parado en un portal y estaba sacando las llaves. Me quedé escondida hasta que se metió en el edificio y la puerta se cerró tras ella.

Ya sabía su nombre y dónde vivía. ¿Qué iba a hacer ahora?

Nada.

Terminé la jornada y me fui a casa. Dejé las cosas en el sofá y entré a la cocina a prepararme un té. Mientras el agua se calentaba, aparecimos Matías y yo en la cocina. Yo estaba sentada encima del mostrador (la visión era de antes de que cambiáramos el microondas de sitio) y él estaba entre mis piernas. Nos estábamos besando.

Empezaba a sospechar que las visiones de la casa solo buscaban hacerme daño.

Así que ahí estaba yo, de sujetavelas. Nunca había tardado tanto en calentarse el agua, o al menos eso me pareció a mí.

Oí la puerta de la calle y a Matías diciendo «hola» desde la entrada.

—¡En la cocina! —grité.

Eché agua en una taza y Matías entró vestido con esa chaqueta y esa corbata que tanto me gustaban.

Nos besamos de un modo bastante menos efusivo que en la visión.

—¿Qué tal? —preguntó.

—Bien, aquí —respondí.

O lo que es lo mismo: no nos dijimos nada.

A espaldas de Matías, él y yo seguíamos besándonos con pasión. El de carne y hueso notó mi mirada.

—¿Qué miras?

—A la familia.

«A nosotros cuando éramos familia», me entraron ganas de decirle. No podía explicárselo, pero ver a la chica en la librería me había sentado muy mal. De algún modo, me sentía previamente derrotada. Sabía que iba a perder, aunque no supiera cuándo, y eso me hacía sentir triste, agotada, como sin energía.

Quería que todo acabara cuanto antes, pero eso no estaba en mi mano.

—¿Has vuelto a ver algo de tu abuelo? —me preguntó Matías.

La pareja enamorada de la visión se estaba quitando la ropa sin dejar de devorarse.

Y yo me notaba cada vez más triste.

Negué con la cabeza.

—No sé qué hacer —le confesé.

—Encontraremos cómo solucionarlo. Voy a cambiarme —respondió y se fue.

Matías dio por sentado que estaba hablando de mi abuelo. Ya estaba saturado con el tema de las visiones. Sí, me repito, pero esa era la verdad.

¿Se habría ido igual si hubiese sabido que hablaba de él?

30

Me había convertido en una paranoica.

Todos los días intentaba escaparme al menos un par de veces al portal de la chica con la que me iba a engañar Matías. Me daba unas vueltas por delante de su casa esperando verla aparecer. Iba de su casa a la asesoría para ver si los pillaba de modo que no pudieran negarlo y así cerraría por fin ese tema.

Mientras tanto, por las mañanas temprano y por las tardes después del trabajo, hacía batidas en mi propia casa buscando visiones de mi abuelo. Quería encontrar la solución al misterio o una pista de lo que realmente ocurrió. Pasaba de una habitación a otra de manera compulsiva para no perderme nada, pero normalmente me encontraba los distintos espacios vacíos, sin visiones; entonces iba de nuevo rápidamente a otra habitación, y a otra, y a otra, y volvía a la primera.

Era como una yonqui de las visiones, cada vez con más ansiedad por descubrir la pista que me permitiera ayudar definitivamente a mi abuela, pero las apariciones me eran esquivas; solo de vez en cuando vislumbraba estampas familiares de cuando Vivi era pequeña o más actuales, pero nada de mi abuelo.

Y yo estaba cada vez más arisca, más cansada y más nerviosa. Tenía mucha ansiedad y, cuanto peor estaba, más lejos estaba Matías de mí.

No digo que no le entendiese, y más viéndolo desde la distancia, pero yo estaba en unas circunstancias muy particulares y no habría estado mal que él hubiera sido más comprensivo. Es muy fácil tener pareja cuando la otra persona está siempre bien.

En fin. Esa temporada yo estaba desquiciada, paranoica y agotada. Apenas dormía unas pocas horas pensando en mis abuelos y, cuando conseguía sacarme de la cabeza el tema, la chica de la librería entraba en el hueco que quedaba y solo lograba sacarla pensando otra vez en mis abuelos.

Y así hora tras hora mirando cómo el despertador avanzaba inexorablemente al minuto siguiente.

Así que es normal que un día Santiago se preocupara por mí.

—¿Y esa cara? —me preguntó ofreciéndome un caramelo de menta (que no cogí).

Yo acababa de cobrarles a unos clientes y estaba pendiente de la puerta, de si entraba la chica. Esa era mi principal obsesión durante las horas que estaba en El Extranjero. No le quitaba el ojo a la puerta en todo el día.

—No he dormido muy bien.

No tenía que jurarlo. Yo no soy de maquillarme mucho, pero unos días antes había empezado a ponerme corrector de ojeras para disimular un poco las bolsas que estaban saliéndome bajo los ojos.

Por lo visto, nada funcionaba como en los anuncios. Santiago me miraba con preocupación.

—¿Estás enferma o algo?

—No, solo una mala noche.

Pero estaba claro que Santiago me llevaba observando ya varios días.

Y tonto no era.

—¿Matías?

No podía (ni quería) mentirle. Simplemente me encogí de hombros.

—Si quieres algo, tengo mezcal en casa —me ofreció totalmente en serio.

Esto me sorprendió. Dentro de todos esos prejuicios que he dicho antes que tenía está el de que los señores mayores no tienen mezcal en casa ni además lo ofrecen tan alegremente.

—Mezcal... ¿Tequila? —pregunté, creyendo haber oído mal.

—Tequila no; mezcal. Madrecuixe, para ser exactos. ¿Vamos a casa cuando cerremos y la abrimos?

—No estoy demasiado conversadora —argumenté yo.

Santiago lo zanjó con la elegancia que le caracterizaba.

—Ni falta que hace.

¿Qué se puede responder a eso?

Pocas horas más tarde, al cerrar la librería, me subí al piso de Santiago y Max a descubrir la diferencia entre un mezcal y un tequila. No solo nos bebimos casi toda la botella (excelente, por cierto), sino que encima no paré de hablar en toda la noche.

Les planteé el problema, a ver si entre los tres encontrábamos una solución. Lo único que no les dije fue lo de las visiones, lo de los malos tratos de mi abuelo ni que podía ver una infidelidad de Matías en el futuro... La verdad es que les dije más bien poco. Me limité a hablar de lo de Matías en clave y a comerme las tostas y los aperitivos que preparó Max y que iba sacando mientras charlábamos.

La casa de Santiago y Max era como una continuación de El Extranjero. Se mezclaban muebles antiguos y modernos de un modo que yo sería incapaz de combinar ni en mil años. Me daba mucha envidia, porque yo no había conseguido esa cohesión en casa de Vivi.

—Es como ese juego moral sobre Hitler. ¿Si os pudierais transportar al pasado y conocerlo de niño, lo mataríais para evitar los millones de muertos que provocó? —les planteé.

Los dos me miraban muy atentos. Max se tragó el totopo con guacamole que tenía en la boca y se lanzó a responder el primero.

—Yo no lo mataría; le enseñaría lo que es un hombre de verdad y así dejaría de pensar en acabar con los judíos.

La verdad es que no fue de demasiada ayuda esa primera aportación. Santiago lo miró sorprendido.

—¿A Hitler? —le preguntó alucinado.

—¿No te da morbo? —contraatacó Max.

Santiago trató de reconducir la conversación. A veces con Max costaba centrarse en los temas; era muy divertido y ocurrente, pero siempre que él fuera el protagonista de la reunión.

—Creo que Susana no estaba hablando de eso, era un ejemplo —le explicó Santiago.

Max levantó una mano pidiendo perdón y volvió a mojar un totopo en el guacamole.

Santiago siguió con el tema.

—¿Y eso es lo que te pasa?

—A nivel doméstico, algo parecido.

Max, cómo no, se vio obligado a intervenir.

—¿Cuál es, a nivel doméstico, el equivalente a matar a seis millones de personas?

De pronto me sentí ridícula por comparar mis tonterías con el Holocausto.

—Igual no he escogido bien el ejemplo —me disculpé.

Pero Santiago sí me había entendido, aunque yo no me hubiera explicado bien.

—¿Qué ha hecho Matías?

Ese era el problema. Si ya hubiera pasado, todo sería mucho más fácil. Estaríamos con el mismo mezcal y la misma comida mexicana hecha por Max, pero yo estaría llorando como una magdalena por la guarrada que me estaba haciendo Matías. Ellos intentarían consolarme y yo me haría la digna.

Pero no era así.

—No lo ha hecho, pero sé que va a hacer algo que nos va a separar. La pregunta es si espero a que lo haga o me evito el daño —argumenté.

Santiago no respondió en el momento, le dio un pequeño trago a su mezcal y fue rellenando los vasos de los tres.

—¿No serás tú la que está buscando salir de esa relación? —me preguntó de sopetón.

Reaccioné como si fuera la última de las cosas que pasaba por mi cabeza.

—¿Yo? No, en absoluto, solo estoy buscando cómo enfrentarme a lo de Matías.

Pero una pequeña puertecita se abrió en mi cabeza. ¿Estaba intentando terminar mi relación? ¿Era una reacción a la falta de apoyo de Matías en el tema de las visiones? ¿Tendría razón la psicóloga al sugerir que las visiones eran una proyección de lo que me faltaba en la relación con Matías? No voy a ocultar que se me pasaron varios pensamientos rápidamente por la cabeza, pero los oculté del mejor modo que pude.

—¿Y qué es lo de Matías? —quiso saber Max.

—Aún no lo sé exactamente —respondí.

Y me entraron unas ganas tremendas de irme a mi casa y acabar con el interrogatorio, que por otra parte había iniciado yo con el juego del Hitler niño.

—¿Y por qué sospechas de él? —insistió Max.

—No es una sospecha, solo que no sé exactamente qué es lo que va a hacer. —No me estaba explicando muy bien.

Era muy complicado desarrollar algo que te preocupa cuando no quieres contar el noventa por ciento de lo que lo rodea.

En ese momento me hubiera encantado ser fiel a mí misma y haber sido una mala conversadora en esa velada.

Soy una bocazas.

—Qué enigmático todo —dijo Max.

Solo pude contestar una obviedad, dadas las circunstancias.

—Es complicado de explicar.

Como si no se hubieran dado cuenta ya.

—Ya veo —respondió Santiago.

Tenía que hacer algo para escapar del lío que me estaba haciendo yo sola queriendo contar sin contar lo que me pasaba, así que levanté mi pequeño vaso lleno hasta el borde de mezcal y propuse un brindis.

—Por vosotros, la pareja más guapa que conozco.

Sé que no los despisté con el brindis, pero sabían perfectamente que tenían que darme una salida, así que levantaron felices sus vasos y los chocamos alegremente.

Un poco de mezcal cayó sobre mi falda.

31

A pesar de la velada con Santiago y Max, no podía evitar seguir con mis rutinas de psicópata y a los dos días tuve mi primer encuentro no casual.

Sería como media mañana y había decidido salir a hacer el camino entre la asesoría y la casa de Carla, la chica con la que Matías me iba a engañar. Ya había hecho el recorrido entero sin éxito y me disponía a regresar a El Extranjero cuando la vi saliendo de su portal justo delante mí.

Caminé unos metros detrás de ella, observándola. Cuando has visto a alguien desnudo ya es imposible verlo con los mismos ojos, aunque sea en la situación más inocente del mundo.

Y no era el caso.

Yo no dejaba de compararme con ella. Es cierto que era más joven que yo y la naturaleza había hecho menos efecto, pero yo tenía más curvas. ¿Eso no me hacía más femenina?

¿Qué habría encontrado Matías en ella que yo no tuviera?

¿Qué me faltaba?

Antes de seguir haciéndome daño decidí hacerme la encontradiza. Apreté un poco el paso y la adelanté. Entonces hice como que me daba cuenta de que era ella y, sorprendida, la saludé.

Era una actriz patética, pero creo que no se notó.

—Huy, hola.

Ella me reconoció enseguida y me saludó sonriendo.

—Hola. ¿Vives por aquí?

Cómo me molestaba que encima fuera simpática.

—No, no, más por la zona del parque. He salido un momento de la librería a hacer unas cosillas —mentí yo.

—Ajá. Bueno, hasta luego.

Necesitaba saber más, entender por qué Matías la había elegido para engañarme.

—Hasta luego; a ver si nos vemos un día de estos por la librería —solté, a ver si picaba el anzuelo.

—Claro —dijo sin más.

Tenía que poner un anzuelo más atractivo.

—El viernes tenemos un recital de poesía. ¡Vente! —le pedí con lo más parecido al entusiasmo que pude conseguir.

—El viernes no creo que pueda, tengo algo de trabajo.

Aunque no me lo pusiera fácil, no pensaba rendirme.

—Va a merecer la pena. Si no vienes, tú te lo pierdes —le dije con una sonrisa.

—A ver si consigo escaparme.

Eso era casi como un sí, así que decidí dejarlo ya y no hacerme pesada.

—¡Suerte! Me voy, que tengo algo de prisa. ¡Nos vemos! —me despedí y apreté el paso.

—Si no puedo el viernes, iré un día de estos. ¿Tenéis más actividades? —me preguntó.

Definitivamente había picado el anzuelo. Me paré y me giré hacia ella en modo profesional-simpático.

—En la página web está todo. De todos modos, cuando vengas el viernes te doy un folleto —presioné un poco más.

Me sonrió y me enseñó que también tenía una sonrisa bonita. Qué punzada de dolor me provocó...

—Parece que voy a tener que ir.

Yo encogí los hombros intentando aparentar simpatía cuando en realidad se me estaba desmoronando todo por dentro.

—Tú verás. ¡Hasta luego! —Ahora sí que me despedí de verdad.

Y aceleré el paso para que no me viera llorar.

No tenía nada que hacer. Era simpática, guapa y con buen cuerpo. No podía reprocharle a Matías que me dejara por una chica así cuando yo me había convertido en todo lo contrario. Ahora era casi una carga para él; no quería salir con los amigos, solo estaba centrada en mis visiones y en mi abuela. Encima últimamente estaba casi siempre de mal humor.

Había que admitirlo: ella era lo que Matías necesitaba.

Así que decidí hablar con él esa misma noche.

Aunque habíamos quedado en un bar para comer juntos, yo no pretendía sacar el tema hasta que estuviésemos en casa. Me parecía una faena que tuviera que regresar al trabajo después de una conversación así. Sabía que me iba a costar horrores morderme la lengua, pero estaba decidida a hacerlo por Matías.

Yo había llegado antes y estaba a punto de acabar mi primera caña cuando apareció él con prisa. Llegaba unos veinte minutos tarde, pero a mí no me había importado lo más mínimo. Estaba demasiado centrada imaginando de mil maneras distintas la conversación que íbamos a tener y ni me di cuenta de que se retrasaba.

—Perdona, es que no me soltaban —se disculpó.

Me dio un beso rápido, pidió una caña y se sentó a mi lado en la barra.

—¿Has pedido algo? —me preguntó.

—No, te estaba esperando.

La verdad es que no tenía mucha hambre, ni siquiera había tocado la pequeña tapa que acompañaba a mi cerveza.

—¿Qué pedimos?

—Lo que quieras —contesté algo apagada.

No me apetecía nada hablar sobre comida. Realmente no me apetecía hablar de nada.

Pero él no dio por terminada la discusión culinaria.

—Va, te dejo elegir, te lo has ganado.

¿Por qué estaba tan agradable? ¿Había pasado algo o simplemente se olía que esa misma noche iba a sacar una conversación que posiblemente terminara con todo?

Pero yo no estaba para tonterías.

—¿Me lo he ganado?

—Por esperarme.

—Claro —zanjé.

Matías había venido en son de paz. Igual él también sentía que nos estábamos alejando y por eso estaba así. Pero yo no tenía el día en absoluto.

—¿Qué pasa? No es culpa mía. Me han puesto la reunión a última hora y no podía hacer nada. Te he llamado en cuanto me lo han dicho —me soltó un poco irritado.

—Cierto —respondí.

Igual Santiago tenía razón y era yo la que estaba buscando salir de la relación y estaba poniendo las visiones como excusa.

Ya no tenía ganas de luchar. No merecía la pena.

—¿Qué te pasa últimamente? Estás muy rara —preguntó finalmente.

—¿Yo? ¿No serás tú?

No conozco ningún caso en toda la historia en la que una persona le diga a la otra que está rara y la otra lo admita sin más.

Y yo no iba a ser la primera.

Pero Matías no iba a darse por vencido.

—En serio, ¿qué ha pasado? Esto no es por lo de tu abuelo, ¿no? —insistió.

A pesar de todo lo que estaba pasando, Matías seguía siendo muy intuitivo.

Llegados a ese punto, pensé que lo mejor era ser sincera y contarle a Matías lo que me pasaba.

Lo único bueno era que él había vivido conmigo todo lo que había ocurrido anteriormente, por lo que no iba a sonarle tan marciano, pero aun así todo tenía un tufillo ridículo.

Me tomé unos segundos antes de hablar para buscar las palabras más adecuadas.

—El martes tuve una visión en casa... —arranqué por fin.

Pero justo en ese momento sonó mi teléfono. Como lo tenía encima de la barra pude ver que se trataba de la residencia donde estaba Vivi.

Me temí lo peor.

Contesté rápidamente.

Una chica muy simpática preguntó si era la nieta de Victoria Muñoz. Aterrada, le contesté que era yo e inmediatamente pregunté si había pasado algo.

Matías me miraba sin pestañear.

Me dijo que no, que mi abuela quería hablar conmigo.

Todo el cuerpo se me aflojó. Le hice un gesto a Matías para indicarle que todo estaba bien y le pedí a la chica que me la pasara.

Vivi estaba muy contenta; me explicó que se lo había pensado mejor y que quería visitar el piso, quería ver qué destrozos habíamos hecho y cómo lo habíamos dejado.

Le pregunté que cuándo quería ir y me dijo que esa misma tarde, si era posible. Le pregunté que si no le venía mejor al día siguiente, así me daba tiempo a recoger la casa un poco y dejarla bonita, pero ella me contestó que prefería verla tal y como la estábamos viviendo.

Le dije que apenas saliera de la librería iría a buscarla y me despedí de ella.

Matías me miraba con cara interrogante.

—Vivi quiere venir esta tarde a merendar —le informé.

Él asintió; al fin y al cabo era lo que buscábamos cuando fuimos a verla el fin de semana.

—¿Qué me estabas diciendo de una visión? —me preguntó.

Sabiendo que mi abuela venía esa misma tarde, lo ideal era que no estuviéramos enfadados, o al menos que estuviéramos juntos.

—Nada, no tiene importancia.

Matías asintió y cogió la carta para pedir algo de comer. Por una vez conseguí no decir ninguna inconveniencia. La comida fue tranquila.

Cuando acabó la jornada de trabajo, yo recogí a Vivi en la residencia, mientras que Matías se fue directamente a adecentar un poco el piso.

Durante el camino, Vivi parloteó, muy feliz, contándome la fantástica partida de tute que había jugado por la mañana y que había conseguido la nada desdeñable cantidad de dos euros con cuarenta céntimos. Teniendo en cuenta que jugaban con monedas de cinco céntimos, no estaba nada mal.

Solo cuando bajamos del coche y nos dirigimos hacia el piso, mi abuela cambió. En ese corto trayecto hasta su antiguo portal, enmudeció. En el ascensor casi no quería ni mirarme, se quedó en una esquina cogida muy fuerte a su bolso.

De pronto, me pareció muy muy mayor.

Cuando abrí la puerta, Vivi estaba temblando. Dio unos pasos tímidos y se topó con la nueva decoración; entonces aparentemente se relajó un poco.

Matías nos estaba esperando en el centro del salón.

Sin meterse del todo, Vivi miró alrededor.

—Ha quedado muy bonito —dijo aparentando alegría.

—Hemos dejado todo lo que había en cajas en el cuarto del fondo. No hemos querido tirar nada —le conté, un poco nerviosa.

—Por mí, hacedlo. No hay nada que... —empezó a contestar, pero de pronto se quedó congelada mirando hacia el pasillo.

Seguí su mirada y me topé con mi padre adolescente, vestido de futbolista, que entraba corriendo a la cocina.

¡Vivi también le estaba viendo!

¿Sería por eso por lo que quiso dejar la casa? ¿Tan difícil era vivir con las visiones que se había autoexiliado a una residencia? Quizá pensaba que yo no las vería y por eso me dio la casa. O quizá fue testigo de algo que la empujó a darme el piso a mí. Igual ella sí sabía qué era lo que yo tenía que hacer. El problema era cómo iba a poder preguntárselo, dado su estado.

Mi padre desapareció una vez entró en la cocina, pero Vivi se quedó mirando a esa puerta sin pestañear. La llamé para hacerla regresar.

—¿Vivi?

Ella me miró sobresaltada.

Yo quería hacerle un gesto a Matías para que supiera que Vivi también veía las apariciones, pero él estaba liado tratando de sacar un envase de plástico de una bolsa sin que se le cayera.

—Hemos comprado tarta de zanahoria. ¿Te preparo un café con leche? —le preguntó.

Ella asintió.

—Gracias —dijo y se sentó en el sofá sin soltar el bolso.

Me puse a su lado.

—Me gusta mucho cómo la habéis dejado. Está muy luminosa —se dirigió a mí tratando de recuperar la normalidad.

—Tú también los ves, ¿no? —le pregunté a bocajarro.

Tengo que admitir que Vivi era buena disimulando.

—¿A quiénes?

—A la familia.

Una vez que había conseguido sacar el tema quería lograr que me dijera la verdad. Yo necesitaba respuestas e intuía que mi abuela las tenía.

Como mínimo, veía lo mismo que yo.

Ella se levantó del sofá.

—No sé de qué estás hablando. —Estaba deseando huir, pero entonces se quedó pálida mirando al frente.

El fondo del salón había cambiado de decoración; era de noche y mi abuelo estaba fumándose un cigarro en la ventana.

Vivi lo observaba todo absolutamente tensa; los puños se le habían cerrado y el cuello lo tenía rígido.

No tenía sentido torturarla más.

—¿Prefieres que vayamos a merendar a una terraza, que hoy hace muy bueno?

Ella me contestó que sí sin perder de vista a mi abuelo.

Llamé a Matías y le conté el cambio de planes. Hizo amago de protestar porque ya casi tenía preparados los cafés, pero en cuanto vio la cara de mi abuela no hizo falta que le explicara mucho más.

Cuando nos fuimos del salón, mi abuelo todavía estaba allí.

Una vez que Vivi puso un pie fuera de la casa, todo cambió y volvió a ser la abuela divertida y malhablada que tanto me gustaba.

La merienda estuvo muy bien, relajada. Vivi dijo que le gustaba cómo habíamos dejado el salón, que los muebles que habíamos puesto nuevos se llevaban muy bien con los suyos. Lo dijo así, que «se llevaban muy bien».

Estuve tentada un par de veces de preguntarle sobre las visiones, pero sabía que no iba a conseguir nada y, además, le iba a fastidiar el día. La cabeza de mi abuela no estaba ya para gestionar esas emociones. Así que hablamos de decoración, del tiempo y de varias cosas más que nos permitieron disimular que nada había pasado apenas una hora antes.

Y eso lo hicimos muy bien.

32

Matías esperó con el coche en doble fila mientras yo acompañaba a Vivi hasta la residencia.

No sé exactamente por qué, si por lo que yo había descubierto esa tarde en casa o si porque se había dado cuenta del problema que me había dejado regalándomela, pero Vivi se despidió de un modo especialmente cariñoso ese día. Me dio un abrazo y me dijo que me quería mucho.

Yo intenté quitarle hierro y le contesté que si hacía cambios en la casa le llevaría fotos. Ella me miró un segundo con una sonrisa.

Esa sonrisa fue casi como un traspaso de poderes. Las dos sabíamos lo que veíamos, lo que veía la otra y que no íbamos a hablarlo nunca.

Vivi y yo teníamos un secreto que nunca íbamos a compartir.

Según me senté en el coche, Matías empezó a hablar, y eso me sorprendió mucho, ya que hasta ese momento se había dedicado a evitar el tema, por mi salud mental, al principio, o directamente porque le molestaba en los últimos tiempos.

—Supongo que se fue de casa por las visiones —soltó.

Matías estaba empezando a creer. Me dolió un poco que fuera por la reacción de Vivi más que porque yo, su pareja, se lo dijera, pero al menos ya podía considerarlo un aliado. ¡Bienvenido a mi locura, Matías!

—Supongo que sí —respondí.

Estaba dándole vueltas a esa tarde tan rara que habíamos tenido.

Como si me leyera la mente, Matías me preguntó:

—¿Qué pasaría?

—¿A qué te refieres?

—¿Cómo acabaría todo? —aclaró. Aunque esa aclaración no lo era en absoluto.

Ante mi cara de incomprensión, Matías optó por tomar un atajo.

—Vamos a casa, quiero ver una cosa.

Cuando llegamos, abrió el ordenador y buscó periódicos de la época para ver si encontrábamos algo sobre mi abuelo.

Hasta ese momento solo habíamos indagado por cauces oficiales, partidas de defunción y cosas así, pero no se nos había pasado por la cabeza que hubiera podido ocurrir algo que saliera en los periódicos. Si mi abuelo había tenido una muerte violenta o había pasado algo, alguno de los periódicos de entonces se habría hecho eco, aunque fuera apenas una reseña.

Según las notas que yo había tomado de las visiones, más o menos la desaparición de mi abuelo tuvo que ser entre 1962 y 1963, a juzgar por los cambios de los muebles y la edad de mi abuela en relación con mi padre. Como sí sabía la fecha de nacimiento de mi padre, acotamos ese periodo de tiempo.

No tardamos en encontrar un periódico que tenía digitalizado su archivo y decidimos repartirnos los años. Yo busqué en mi ordenador el año 1962 y Matías, el 63.

Tardamos varias horas en encontrar el primer dato; de hecho, fue Matías el que lo hizo mientras yo me estaba lavando los dientes. Eran casi las dos de la mañana.

Él seguía en la cama con el ordenador y me llamó. Me enjuagué corriendo y me senté a su lado. En su pantalla había un artículo sobre la desaparición de un hombre. La descripción que aportaba el periódico correspondía con la de mi abuelo. Por otro lado, estaban su nombre y los apellidos, pero el texto no daba demasiada información, solo que había desaparecido, que la familia había denunciado y que tenía mujer y un hijo pequeño, pero poco más. No se hablaba de asesinato ni había ningún sospechoso; solo se publicaba su desaparición por si alguien pudiera tener algún dato. Buscamos en los días anteriores y posteriores a esa fecha, pero no localizamos nada más. Tampoco en otros periódicos digitalizados de la época, así que lo único que teníamos era esa breve reseña.

¿Qué haría a mi abuelo desaparecer? Quizá mi abuela consiguió asustarle de alguna forma y él escapó. O probablemente alguien del entorno de Vivi se enterase de lo que estaba ocurriendo y le amenazase. Pero eso no era motivo para desaparecer; con dejar en paz a mi abuela hubiera sido suficiente.

El periódico decía que habían denunciado la desaparición, y eso quería decir que fue mi abuela la que puso la denuncia, o quizá la familia de mi abuelo. En cualquier caso, si hubo denuncia, hubo investigación, pero en ningún lugar constaba si lo encontraron o no; solo existía una entrada en el registro diciendo que murió. ¿Eso significaba que nunca le encontraron, ni vivo ni muerto?

Estaba dándole vueltas a todas las posibilidades cuando Matías me sacó de mis pensamientos.

—¿Tú crees que ella lo mató?

—¿Te imaginas? —rebatí con otra pregunta, aunque a mí misma me costaba mucho imaginarlo.

—La verdad es que no mucho, pero en determinadas circunstancias las personas pueden hacer cosas desesperadas.

Y de pronto imaginé a Vivi defendiéndose de alguno de los ataques de mi abuelo. La vi clavándole un cuchillo en la cocina cuando casi le metió la cabeza en la olla. O dándole con la lámpara cuando la violó en la cama o con cualquier otro objeto contundente. Igual solo le empujó y, como él estaba borracho, cayó mal y se mató.

Pudieron ocurrir tantas cosas..., y no solo creíbles, sino hasta cierto punto justificables. No dejaba de ser defensa propia. ¿Quién podría juzgarla sabiendo por lo que había pasado?

Pasara lo que pasara, si hubiera habido delito ya habría prescrito más que de sobra.

—Igual es eso lo que está diciéndonos la casa. Quizá tenga que encontrar el cuerpo de mi abuelo —conjeturé.

—¿Para qué?

Era cierto, ¿para qué? ¿Para enterrarlo como «Dios» manda?

—No lo sé. Si lo encuentro, no pienso decir nada. Era un hijo de puta —respondí.

Justo en ese preciso instante, y no podía ser en peor momento, vi a la chica perfecta estirándose desnuda en la cama detrás de Matías. No me entraron celos ni me puse triste; de alguna manera, tenía ya bastante asumida mi derrota, pero me pareció de muy mal gusto que apareciera justo cuando estábamos hablando de lo de mi abuela.

Sentí que era una visión muy fuera de lugar.

Encima Matías notó en mi cara el disgusto que tenía por estar viendo otra vez a su amante en la cama.

—¿Qué estás viendo? —me preguntó mirando hacia el lado de la cama que él dejaba libre y en el que estaba la chica feliz.

Yo no quería sacar el tema. Había sido una buena tarde con él y no quería estropearla.

—No puedo decírtelo.

Él dejó el ordenador en la cama, encima de la chica, y se volvió hacia mí serio.

—Susana, ¿qué estás viendo?

Parecía que no había más opción que tener esa conversación. No había más remedio que enfrentarse ya a eso, aunque era de lo que menos me apetecía hablar.

Ya que tenía que hacerlo, y puestos a ser claros, mejor no andarse por las ramas.

—¿Me has sido infiel en esta casa?

La cara de Matías fue de total asombro. De alguna forma era como si le hubiera insultado. En su rostro se veía a la legua que era inocente.

En cualquier caso, si hubiera sido culpable, la cara hubiese sido la misma.

—¿Cómo?

—Si te has acostado con una chica en nuestra cama —le aclaré, por si la primera pregunta no hubiera sido suficientemente clara u ofensiva.

Por lo visto, para Matías fue más lo segundo que lo primero.

—¡Qué va! —me contestó indignado.

Pero la chica estaba ahí, en su sitio, en una actitud poscoital feliz y relajada.

Y todo el mundo sabe que las visiones no engañan.

—No me mientas, lo estoy viendo.

—No sé qué estarás viendo, pero yo no me he acostado con nadie. Estoy contigo y solo quiero estar contigo.

Matías parecía totalmente sincero, pero yo ya sabía que era una cuestión de tiempo.

—Entonces, vas a hacerlo —le solté y mi misma voz me sonó absurdamente a profecía.

—Yo no he hecho nada —insistió él.

Lo único bueno era que Matías ya sabía que yo podía ver retazos del futuro, igual que del pasado.

—Pero lo vas a hacer. Una chica morena, pelo corto —le informé.

Preferí no contarle cómo era el resto de ella ni que no tenía un poco de barriga, como yo.

En ese momento, la chica se levantó de un saltito y se fue al baño. «No le gustan las discusiones, menos aún cuando son sobre ella», pensé irónicamente.

Pero la situación era seria. Matías había pasado de defenderse a enfadarse.

—No puedes acusarme de algo que no he hecho.

Eso no me valía de excusa, no con lo que había visto.

—Pero lo vas a hacer —repetí tratando de mantener la calma.

—Parece que lo estés deseando, solo para que se cumplan tus putas visiones —contraatacó Matías.

Primero, Santiago; luego, Matías; parecía que se habían puesto de acuerdo. Yo no quería que se acabase mi relación con Matías; yo no era la culpable, sino la víctima de ese hecho. Yo no era la que iba a engañar.

No era justo que me hablase así.

—No es mi culpa poder ver... lo que pasa en esta casa.

Matías se iba enfadando más y más. Se levantó de la cama rojo como un tomate.

—¿Qué eres? ¿Un puto oráculo? ¿Qué pretendes que haga?

—¿Cómo quieres que siga con esta relación cuando sé que me vas a engañar?

La verdad es que fue una contestación desafortunada. No puedes ponerle un capote así a alguien que está enfadado, menos aún cuando está defendiéndose como un gato panza arriba.

Se revolvió como si le hubiese dado un puñetazo.

—¿Me estás diciendo que quieres que lo dejemos?

Yo estaba muy confusa. No quería seguir con la conversación.

—No lo sé —dije.

Aquello iba de mal en peor; Matías tenía cara de querer agredirme. Hizo un amago de ir hacia mí, pero retrocedió y tiró todas las cosas que había en su mesilla al suelo de un manotazo. Nunca le había visto así. Me entró un poco de miedo. ¿Repetiríamos la historia de Vivi en su propia casa?

—¿Me estás hablando en serio? ¿Solo por una visión me estás diciendo que nuestra relación no tiene sentido?

—Joder, Matías, te he visto con una tía —me defendí. Era imposible que no me entendiera.

Pero no solo no me entendía, sino que se iba calentando más y más. Se acercó a mí con violencia. Yo estaba esperando un bofetón, pero Matías respiró y me dijo en voz muy baja, tratando de no dejar salir su enfado:

—Esto ya no tiene gracia. No aguanto más toda esta mierda. Si no te vas a fiar de mí, prefiero que lo dejemos y ya, pero déjate de tonterías y acusaciones. Tú decides.

Yo decidía.

¿Qué debería haber hecho?

33

Al día siguiente era domingo.

Me levanté perezosa casi a las doce de la mañana, la noche había sido muy dura y no tenía ninguna gana de salir de la cama, pero no podía quedarme todo el día ahí. Decidí que no me apetecía ducharme y me fui a desayunar.

Me preparé unas tostadas y un té y me senté en la mesa de la cocina. Solo entonces me di cuenta de que Matías estaba sentado delante de mí, en su lado de la mesa.

Supongo que es así en todas las parejas, y nosotros no íbamos a ser una excepción. Matías y yo teníamos un lado para todo: para la cama, para la mesa, para el ascensor, para el coche... Supongo que para que no confundiéramos quién era quién.

Así que Matías estaba en su lado de la mesa, de espaldas a la ventana. Lástima que fuera solo una visión, si no podríamos haber intentado hablar más.

Matías decidió la noche anterior que no le compensaba vivir con una persona que estaba en tantos tiempos a la vez y me dijo que si quería vivir un presente con él, que le avisara, pero que en aquellas circunstancias a él se le hacía muy difícil tener una relación.

¿Cómo no le iba a entender?

Le expliqué que no podía hacer nada al respecto. Él me dijo que siempre se podía hacer algo, que podíamos abandonar la casa e irnos a otro sitio, incluso al pequeño piso que habíamos abandonado para venirnos al de mi abuela.

—No es tan fácil —repliqué.

—Es lo fácil que quieras tú que sea.

Yo no podía dejar tirada a mi abuela. Tenía que encontrar cómo ayudarla a deshacerse de su marido, pero no podía utilizar ese argumento, porque precisamente las visiones nos separaban, así que preferí callarme.

Más o menos a las cuatro Matías decidió irse. No le convencí de que se quedara a dormir, aunque lo hiciéramos en habitaciones separadas. Él no quería prolongar eso; o estábamos juntos o no lo estábamos.

Y ahí estaba desayunando con una imagen suya del pasado.

Era domingo y yo estaba sola en casa con el día entero por delante.

Como me había quedado preocupada por todo lo sucedido el día anterior con Vivi, me di una ducha rápida, me vestí y fui a visitarla.

Pero mi abuela había decidido tomarse vacaciones de sí misma. Me la encontré en un banco de la residencia donde la había dejado un cuidador para que le diera el aire.

Me puse delante de ella y la saludé, pero Vivi miró a través de mí como si yo no significara nada para ella. El cuidador me explicó que por la noche le había subido mucho la tensión y que desde la mañana estaba así. Intenté hablar con ella, pero fue inútil, no me reconocía. Me quedé una hora sentada a su lado al sol; luego fuimos caminando despacio hasta la residencia, ella cogida a mi brazo y sin hablar. Cuando llegamos a la puerta, le di un abrazo y un beso. Mi abuela sonrió sin mirarme y se metió.

Me partió el alma verla entrar así.

Cuando volví a la casa, aún era media mañana. Tenía dos opciones: tirarme en el sofá y lamentarme de lo miserable que me sentía, o buscar dónde había escondido Vivi los restos de mi abuelo.

Aunque me apetecía lo primero, me pareció más necesario lo segundo. Encima de que había perdido a Matías por las visiones, tenía que hacer que por lo menos sirvieran para algo.

Decidí lo más lógico: ir al lugar donde todo había empezado.

Me planté delante de la pared de donde descolgué el cuadro y fui golpeándola con los nudillos buscando algún hueco o falso tabique. No noté nada.

Casi como si la casa se defendiera de mis agresiones, me regaló una visión muy extraña. Matías apareció de pie junto a la pared del fondo y la tocó como tratando de pasar a través de ella.

Yo dejé lo que estaba haciendo y me acerqué a él.

Tenía la cara desencajada y miraba en todas direcciones. Volvió a tocar la pared y se fue corriendo a otra parte del salón. Estaba como ido. Lo veía gritar, pero como no estaba quieto no podía leer sus labios para descifrar lo que decía. Regresó de nuevo junto a la pared y se quedó ahí sin saber hacia dónde ir.

Yo no entendía nada. ¿Cuándo había pasado eso? Matías se acababa de ir de casa, con lo que no podía ser el futuro, a no ser que todo cambiara radicalmente. Pero él estaba solo en la visión. ¿Dónde estaba yo? ¿Qué le ocurriría?

Cuando desapareció me entraron unas ganas locas de llamarlo para ver si estaba bien o si le pasaba algo, pero sabía que me iba a contestar que claro que le pasaba algo, que habíamos terminado y que por eso no estaba bien.

Así que no lo llamé; me quedé como una tonta mirando hasta que la visión desapareció.

Entonces continué mi misión sin dejar de pensar en él. En todo el tabique donde había estado el cuadro no había signos de que hubiera nada. Seguí con las demás paredes del salón y luego con el resto de la casa.

En mi antiguo cuarto me encontré a mí misma estudiando con quince años. No me hice caso.

En el dormitorio me pareció notar algo en una de las paredes, así que, con un martillo y un destornillador (es el modo que se me ocurrió, no soy albañil), hice un agujero. Había un hueco con una bajante de aguas residuales o algo así. Este era demasiado pequeño para esconder nada, así que lo dejé y seguí buscando. Repetí la operación en otras dos paredes en las que sentí que había huecos, pero con el mismo éxito.

Una vez que acabé de revisar todas las paredes de la casa, fui a por los fondos de los armarios, que una ha visto muchas películas de misterio y sabe que es un buen lugar para un escondite o un cuarto secreto. No encontré ninguna de las dos cosas.

Pensé que el lunes sin falta tenía que comprar masilla de esa de las paredes para arreglar todo lo que estaba rompiendo, y me puse a revisar los suelos.

La casa de Vivi tenía unos suelos de madera preciosos, de esos de casa antigua (quizá el motivo fuera que era una casa antigua). Así que con igual dedicación revisé el suelo, habitación por habitación, sin dejar ningún rincón por comprobar.

Justo en el cuarto donde tenía el estudio Matías localicé una tabla que se movía un poco. Con mi destornillador, que valía para todo, la saqué y miré debajo con la luz de la linterna del móvil. Más suelo. No encontré nada.

Llegué a dos conclusiones:

Mi abuela no había matado a mi abuelo, o al menos no había escondido sus restos en la casa, lo cual era un gran alivio.

El destornillador y la linterna del móvil son las herramientas más útiles que te puedes encontrar y no deben faltar en ninguna casa.

Tras estas profundas reflexiones, me di cuenta de que llevaba desde la mañana sin comer ni ir al baño, así que decidí tomarme un tiempo para mí misma.

Al entrar en el dormitorio sentí que, a pesar de ser de noche, salían unos rayos de sol desde la puerta del baño, por lo que antes de entrar ya sabía que iba a tener una visión.

Mi abuela, con unos treinta y cinco años, se estaba maquillando delante del espejo. Estaba esmerándose mucho para ocultar unas magulladuras en el cuello en las que se veían perfectamente varios dedos.

Quise que supiera que no estaba sola. Le di un manotazo rápido al aire junto a la cara y el pelo se le movió, pero la reacción de mi abuela fue totalmente distinta a la que yo esperaba. En vez de ponerse contenta por estar acompañada, se puso tensa y ocultó los moratones del cuello con la ropa.

¡Se avergonzaba de que la hubieran maltratado!

Me sentí fatal por hacerla sentir así. Me fui del baño escarmentada.

Apenas salí me topé de nuevo con la chica con la que Matías tenía que engañarme.

Estaba tumbada en la cama bocarriba, disfrutando mientras Matías practicaba sexo oral con ella, o al menos eso creí yo, porque estaba tapado por la sábana.

Justo en ese momento fui consciente de mi error; si Matías no me había engañado y ya había abandonado la casa, era imposible que esta visión se cumpliera. A no ser que...

La chica cogió de la cabeza a la persona de debajo de la sábana y la subió para poder besarla.

¡Exacto, era yo!

La yo que salió de debajo de la sábana sudorosa, con el pelo pegado a la cara, tenía una expresión de placer que no me había visto en la vida (no es que me vea a mí misma la cara de placer muy a menudo, pero creo que se me entiende).

Eso sí que no me lo esperaba. Me senté en el suelo al ver cómo Carla (después del espectáculo al que estaba asistiendo se había ganado para siempre el derecho a ser llamada por su nombre) y yo nos besábamos y nos acariciábamos y…

Aquello era muy embarazoso.

Pensé en llamar a Matías y contarle que me había confundido, que la persona que se iba a acostar con la chica era yo.

Pero yo no era lesbiana, no me gustaban las mujeres. ¿Cómo iba a liarme con una chica?

Yo miraba sin parpadear la cama y por mi cabeza pasaban mil cosas, y todas contradictorias. Mientras tanto, a mi yo del futuro le estaba encantando lo que le hacían (y lo que hacía, porque quieta no estaba).

Entonces, ¿sí que me gustaban las mujeres?

Era imposible.

No podía llamar a Matías porque no entendía lo que estaba viendo.

La visión desapareció, pero yo permanecí al menos media hora sentada en el suelo sin moverme.

¿Qué se suponía que tenía que hacer después de eso?

34

Después de la visión con Carla, mi mañana siguiente en El Extranjero fue muy rara. Estaba como desorientada y torpe. Además, cada vez que la puerta de la calle se abría me sobresaltaba.

A mi despiste por las últimas novedades en mi vida se sumaba el hecho de que no había dormido nada en toda la noche. Estuve andando arriba y abajo por toda la casa buscando nuevas visiones que me dieran alguna pista de lo que tenía que hacer.

Viéndolo ahora con distancia, había perdido totalmente la capacidad de tomar decisiones; necesitaba una señal o directamente una visión que me indicara qué camino tomar.

No habían pasado ni dos horas cuando me di cuenta de que Santiago y Max me estaban mirando y hablando entre ellos. No era muy difícil imaginar sobre qué.

Santiago se dirigió hacia mí con paso tranquilo.

—¿Cómo lo llevas? —me preguntó.

Después de todo lo que habíamos hablado me pareció ridículo disimular.

—No lo sé —respondí, y era la descripción exacta de cómo me sentía.

Santiago asintió.

—¿Qué tal con Matías?

La pregunta me sorprendió, porque sentía lo de Matías como algo muy lejano. Llevábamos separados menos de dos días, pero entre la visita a Vivi, la búsqueda (y los agujeros) en mi casa y la sorpresa de lo de Carla parecía que lleváramos casi una semana sin vernos.

Santiago, claro, no sabía nada de eso.

—Lo hemos dejado.

Él se mostró sorprendido. Supongo que pensaba que algo me ocurría, pero que no era tan grave.

—¿Por qué?

Esa sí que iba a ser una pregunta difícil de responder.

Porque me había equivocado al valorar una visión.

Porque no me había apoyado lo suficiente en mis cosas.

Porque necesitaba estar sola para comenzar mi vida como persona homosexual.

Porque era una imbécil.

Sobre todo por lo último.

Pero me pareció una respuesta demasiado simple, así que intenté explicarle un poco.

—¿Recuerdas lo que hablamos el otro día? Lo de Hitler y todo eso.

—Sí, claro.

Me estaba metiendo en un camino demasiado complicado. Quise ser más directa.

—¿Tú crees que estamos predeterminados?

—¿A qué te refieres? —preguntó Santiago interesado.

—Que existe un futuro que nos espera y no podemos hacer nada por cambiarlo —le expliqué.

Santiago se quedó pensando un momento antes de responder, pero yo no le di tiempo a hacerlo.

—Imagina que puedes ver tu futuro; ¿eso querría decir que no puedes cambiarlo ya? —insistí.

Santiago sonrió.

—No se puede ver el futuro —afirmó.

—Es una suposición, imagina que sí puedes.

Ahora sí respeté su pausa y le dejé responder.

—Primero tendría que ver si me gusta o no antes de decidirme a intentar cambiarlo.

Exacto, esa era la cuestión. La pregunta era si quería o no el futuro que me enseñaban las visiones. Estaba tan bloqueada que no lo sabía.

Casi como si fuera una invocación, la puerta se abrió y apareció Carla. Miró alrededor y me sonrió cuando me encontró. Como yo estaba hablando con Santiago, ella se quedó parada junto a la puerta esperándome.

No venía a por otra novela histórica.

Santiago reaccionó antes que yo.

—Creo que es para ti.

La construcción de la frase me chocó mucho. «Creo que es para ti» parecía más un visto bueno que una indicación de que una persona había ido a buscarme a la librería. ¿Estaría conectado Santiago con las visiones?

Tal era el estado de mi cabeza que pensé todas esas tonterías antes de darme cuenta de que no había respondido nada.

—Ahora vuelvo —le dije.

—Luego seguimos, que apenas hemos empezado y la cosa está interesante —respondió.

Asentí con la cabeza y me acerqué a Carla. Después de lo que había visto la noche anterior, me sentía como si la conociera mucho más de lo que la conocía realmente. Por suerte, aún me quedaba un poco de sentido común y sabía que no era así, que apenas habíamos intercambiado veinte palabras, y casi todas ellas sobre libros o librerías.

—Hola —saludé.

—Hola. Venía a por la información de las actividades.

No sé qué me esperaba, si una declaración de amor o que sacara un ramo de flores y sonara una música y que, de repente, todo el equipo del programa de cámara oculta saliera a hacerme saber que todo se trataba de una gran broma.

Respondí abruptamente.

—Claro, claro.

Me dirigí rápido a la caja, donde teníamos un expositor con los folletos donde estaba la información de las actividades. Ella me siguió.

—Esto es lo que tenemos programado para este mes. Y esto, lo del mes que viene —le indiqué mientras señalaba las actividades con el dedo en el folleto.

Ella lo cogió y lo leyó por encima. Me di cuenta de que estaba relajada y sonreía. ¿Y por qué no iba a estarlo? Solo estaba pidiendo información en una librería.

Yo intentaba estar a la altura, ser una librera que daba a conocer sus actividades para fidelizar a la clientela. La taquicardia y los sudores fríos casi no se me notaban, o al menos eso creía yo.

—No paráis —señaló.

—La verdad es que no nos aburrimos.

¡Lo estaba haciendo muy bien! Estaba dando la imagen profesional perfecta.

—Bueno, gracias.

Eso normalmente quería decir que se iba a marchar, pero no se movió del sitio. Nos miramos un segundo. Supe que tenía que hacer algo.

—Espera. —Y me acerqué a la caja a por un marcapáginas de El Extranjero.

Se lo tendí.

—Regalo de la casa.

Ella lo miró con una sonrisa.

—Voy a tener que venir más a menudo. Gracias.

Se me escapó una sonrisa tonta, estoy segura, aunque en ese momento no pudiera verme.

Casi mejor que no pudiera; mi autoestima habría caído aún más.

Ella guardó las dos cosas en el bolsillo de su abrigo e hizo un pequeño gesto con una mano.

—Bueno..., hasta luego.

Y se dio la vuelta para irse.

—Hasta luego —balbuceé yo.

¿Eso era todo? Después de la visión de la noche anterior esperaba algo más. No que me agarrara y me besara contra la caja, pero algo.

O no. Era absurdo. Yo era la que tenía las visiones, ella no tenía por qué hacer nada.

Pero fue ella, curiosamente, la que hizo algo. Cuando alcanzó la puerta, se quedó un segundo parada mirando a la calle, se giró y volvió hasta donde yo estaba.

—Hola de nuevo —dijo con una sonrisa.

—Hola —respondí yo descolocada.

—¿Quieres que quedemos para tomar un café un día de estos? —me preguntó con la misma sonrisa.

No estaba preparada para eso. Me salió una respuesta automática.

—Vale.

Ella asintió sin abandonar su sonrisa. Yo me sentía como una novata.

—¿Cómo...? —empecé a preguntar, pero ella no me dejó terminar.

Sacó el marcapáginas del bolsillo y un bolígrafo (¿lo traería preparado?) y escribió su nombre y su teléfono en él.

Me lo dio. Yo estaba con la cara de un niño cuando le hacen un truco de magia espectacular que no consigue comprender.

—Soy Carla —me dijo mientras me lo daba.

—Susana.

Y nos dimos dos besos.

Algo me decía que no era la primera vez que ella hacía una cosa así.

—¿Me das otro marcapáginas? Me gustaba.

Cogí otro de al lado de la caja y se lo di. Me dio las gracias y se fue, ahora sí del todo.

¿Qué había pasado? ¿Lo había provocado yo?

¿Si no me hubiera hecho la encontradiza, ella habría venido a invitarme a tomar un café?

¿Si no hubiera tenido la visión, me habría hecho la encontradiza en su calle?

No era el destino el que me empujaba hacia ella. Era yo la que había dado todos los pasos.

La pregunta era si iba a dar más pasos o lo iba a dejar ahí.

35

La respuesta era obvia, aunque me hice la dura y tardé la friolera de dos días en llamarla.

Supongo que visto desde fuera parecerá poquísimo tiempo, y menos como para enorgullecerse de ello, pero me hubiera gustado ver a más de uno (y de una) con ese marcapáginas y ese número de móvil escrito en él, a ver qué hacían.

Marqué su número y ella contestó con total naturalidad, como si esperara mi llamada. No dudó ni un solo instante. No me dio la sensación de que se preguntara de qué librería o bar de ambiente donde había dejado su teléfono la estaban telefoneando. Simplemente contestó, reconoció mi voz y quedamos para tomar algo al día siguiente.

Cuando llegué a la terraza donde me había citado, ella no estaba. Ocupé una mesa libre, pedí un té rojo y miré cosas en el móvil, más por no partirme el cuello intentando mirar en todas las direcciones a la vez para ver por dónde llegaba que porque me interesara nada en ese momento.

Cuando pasaban cinco minutos de la hora, pensé que no iba a acudir a la cita.

A los diez minutos la llamé, pero su móvil estaba apagado o fuera de cobertura.

A los quince decidí terminar el té e irme. Me sentía muy tonta.

Además, yo era hetero, no entendía mi comportamiento. Teóricamente solo iba a ser un café, charlar un poco y cada una a su casa.

Pero entonces llegó. Venía preocupada, corriendo. Me dijo que no la habían soltado antes en el trabajo y que se había quedado sin batería en el móvil, por lo que no había podido avisarme.

Se sentó, volvió a disculparse y me preguntó qué té estaba tomando yo. Se pidió el mismo y comenzamos a charlar.

La conversación fue bastante normal para dos personas que no se conocían de nada. Cada una contó un poco de su vida, de dónde venía, qué hacía... Ahí descubrí que, aunque viviera cerca de la asesoría, trabajaba en una farmacia casi en las afueras.

Nos tomamos un segundo té cada una, ya hablando de viajes y de experiencias raras en países desconocidos.

Con la primera cerveza pasamos a la política, o mejor dicho, a la crítica de todos los partidos que nos habían decepcionado consecutivamente en los últimos diez años.

En la segunda estuvimos dándoles un repaso a su farmacia y a la fauna que solía ir a comprar allí.

Con la tercera ya tuvimos que pedir algo para cenar, porque empezábamos a decir demasiadas tonterías.

Tras la cuarta decidimos que para ser el primer día ya estaba bien y que teníamos que retirarnos si al día siguiente queríamos ser medianamente personas en el trabajo.

Como habíamos quedado no demasiado lejos del piso de Vivi (mi piso), se ofreció a acompañarme un rato, y luego ya alquilaría un coche eléctrico para ir a su casa.

Le dije que no un par de veces, pero no parecía una persona que se dejara convencer, así que fuimos las dos caminando en dirección a mi casa hablando, esta vez, sobre mi trabajo en El Extranjero.

—Me encanta tu trabajo. Es genial todo lo que te has inventado para poder sobrevivir a Amazon y a los centros comerciales.

—No creas que es fácil.

—Tiene que ser fantástico estar todo el día rodeada de libros.

Teníamos mucho en común.

—Eso sí que es una suerte —respondí.

Seguimos caminando despacio.

—Seguro que el truco de los talleres de la librería te funciona muy bien para quedar con jóvenes inocentes —lo dijo como si nada, sin que desapareciera su sonrisa.

Era la primera vez en toda la noche que Carla decía algo que sonaba a flirteo. No me comprometía a nada si le seguía la corriente.

—¿Tú eres una joven inocente? —le pregunté con cara de sorpresa.

—¡O sea que lo has hecho más veces! —me dijo haciéndose la ofendida.

Yo puse mi mejor cara de santa. A esas alturas de la noche no me salía demasiado bien.

—Noooo. No era un truco —contesté exageradamente.

Ella me miró con cara pícara.

—¿Y qué era?

Tenía toda la pinta de que esa misma noche se iba a cumplir la profecía. El problema era que me estaba empezando a apetecer mucho. Yo no soy lesbiana, no me cansaré de decirlo; desde pequeña me han gustado los chicos, y en algunas épocas de mi vida, incluso demasiado. Supongo que estaba muy influida por la visión o, mejor dicho, por mi cara de placer en la visión.

¿Por qué no probarlo? En ese momento no tenía pareja, con lo cual no le hacía daño a nadie, así que continué con el juego.

—Una campaña de fomento de la lectura. Además, has sido tú la que me ha dicho de quedar a tomar un café.

—Y al final han sido dos tés y cuatro cervezas —puntualizó Carla.

—Lo que viene a ser un café largo —aclaré.

Llegamos a la esquina de mi calle y me paré. Quería darme una última oportunidad para que no se cumpliera la profecía.

—Yo me voy por aquí. —Señalé hacia mi casa.

—Va, te acompaño —dijo ella sin darle mayor importancia.

—No hace falta, vivo ahí mismo.

Ella asintió y me dio un par de besos. El segundo quedó muy cerca de la comisura de mis labios.

—¿Un último café en tu casa? —preguntó con cara de que no le apetecía café.

—Mañana tengo que levantarme temprano.

—Y yo.

Era mi última oportunidad para negar el futuro.

Y la dejé pasar muy consciente de lo que hacía.

—Una última cerveza, pero rápida —le dije.

Carla puso cara de no haber roto un plato en su vida.

—Prometido.

36

Cuando subimos en el ascensor, las dos íbamos calladas. Nos mirábamos sonriendo, pero ninguna dijo nada. No sé qué estaría pensando ella, pero a mí se me vino a la cabeza mi abuela. Si Vivi podía, como yo, ver el futuro, igual había visto lo que iba a pasar dentro de dos minutos, cuando entráramos las dos en la casa, o dentro de media hora, o cuando fuera lo de la cama. Nunca me dijo nada, así que o nunca lo vio, o no le importó.

Estaba muy nerviosa porque no sabía qué iba a pasar.

Abrí la puerta y entramos. Carla iba detrás de mí, ignorante de todo lo que me pasaba por la cabeza. Seguro que iba pensando en cómo una empleada de una librería podía pagarse un piso de ese tamaño.

Ni en la peor de sus previsiones imaginaría todo lo que había tenido que pagar por él.

Sin duda, ha sido el regalo más caro que me han hecho en mi vida, con diferencia.

Avanzaba por el piso deseando no tener visiones. Sabía que no podían verme a mí, pero bastante me juzgaba yo sola todo el tiempo sin necesidad de ver a nadie más.

No tuve suerte; antes de entrar al salón ya sabía que me iba a encontrar con una porque veía la luz del día entrar por una de las ventanas. En la mesa camilla que desapareció en algún momento al principio de los años setenta, mi abuela y mi padre, ya adolescente, jugaban a las cartas. Por lo visto, mi padre había tenido mejor adolescencia que yo. No esperaba menos de él.

Traté de no hacerles demasiado caso.

—¿Cerveza? —le pregunté.

—Si insistes...

Estábamos las dos cortadas, como si hubiera llegado el momento de la verdad y ninguna de las dos quisiéramos dar el primer paso.

Fui a la cocina a por dos botellines. Yo no solía beber cerveza en casa, pero a Matías le gustaba abrirse una al llegar del trabajo y antes de meterse en su estudio a tocar. Las que quedaban eran todavía suyas. No pude evitar un pequeño remordimiento cuando las cogí. Nada grave.

Le tendí su cerveza a Carla, pero no llegó a cogerla.

—¿Puedo ir al baño? —me preguntó.

Justo el día anterior había recogido las cosas que Matías no se había llevado y las había metido en cajas en la habitación que usaba como trastero. No lo había hecho porque esperara visita, sino porque no quería estar encontrándome recuerdos de él cada vez que abriera una puerta o fuera a cepillarme los dientes.

Me alegré de haberlo hecho.

Le indiqué a Carla dónde estaba el aseo y me fui al salón con una cerveza abierta en cada mano. Mi abuela estaba leyendo un libro en una esquina del sofá, junto a la lamparita.

Me senté con ella.

—Hola, Vivi, ¿cómo ha ido el día?

Obviamente no recibí respuesta.

Al contrario de lo que pensé antes de entrar, me gustó tenerla ahí, en ese momento tan raro de mi vida.

—¿Qué opinas? —le pregunté—. Es divertida, creo que te gustaría.

Vivi no dijo nada, estaba concentrada en su libro.

—Nunca he estado con una chica, estoy nerviosa —continué—. ¿Y si después de todo no me gusta en la cama? Ya sé que no tengo que hablarte de estas cosas, pero, si no lo hablo contigo, ¿con quién?

Vivi seguía leyendo sin hacerme ningún caso mientras yo me desahogaba, atenta a oír la cisterna o la puerta del baño abrirse.

Pensé entonces que tenía que ser raro encontrarse con la persona con la que estabas flirteando sentada en un sofá con una cerveza en cada mano y hablando sola sobre sus inquietudes sexuales.

Así que continué conversando con mi abuela, pero con más cuidado.

—¿Sabes? Echo de menos a Matías. No te imaginas cuánto. Pero tarde o temprano iba a acabar con Carla, y no hay nada que pueda hacer al respecto. Me encantaría que estuvieras aquí para poder hablar contigo. ¿Qué me dirías? ¿Estoy haciendo bien?

De pronto, mi abuela dejó el libro, apagó la lamparita y se levantó del sofá.

Yo ya sabía que era muy pesada, pero es que ni las visiones me aguantaban.

Mi abuela se fue y llegó Carla. Yo me puse en pie con cara de no haber estado hablando con mi abuela en un pasado reciente y le tendí una de las cervezas. Ella la cogió, la dejó en el suelo sin ni tan siquiera probarla y me besó.

Fue un beso largo, suave, pero lleno de hambre. Un beso divertido. Cuando nos separamos, me vi en la obligación de decirle una obviedad.

—Nunca he estado con una chica.

Ella sonrió.

—Perfecto. —Y creo que ese comentario le dio más hambre aún, porque me volvió a besar, ahora con más pasión.

Nos dejamos caer en el sofá sin dejar de besarnos, pero, a los pocos minutos Carla me preguntó si tenía algún sitio más cómodo en la casa.

Y sí, acabamos en el cuarto, besándonos, desnudándonos, saboreándonos, y yo debajo de las sábanas. El problema que tienen las visiones es que observas desde un punto, pero si hubiera visto las cosas que pasaron esa noche, habría entendido perfectamente que yo acabase debajo de las sábanas.

Y muchas cosas más.

Carla era divertida, impulsiva y sin ningún pudor por nada. Supongo que, como era mi primera, vez me dejé llevar. Esa noche sentí muchas cosas distintas, pero también eché de menos otras. Con esto no quiero decir que no fuera una noche fantástica, que lo fue y no me arrepiento de nada, pero ya sea por costumbre o porque mi lado hetero sigue pesando mucho, no fue completa.

En el poco rato en el que nos quedamos relajadas, pensé que no estaría mal tener a Matías a un lado y a Carla al otro. Con ese panorama una podría morirse a gusto.

Pero era una situación imposible siquiera de plantear. Estoy convencida de que Carla habría aceptado, pero Matías...

Hubo un momento en que me quedé tan relajada que casi me dormí. Me despertó Carla yendo con sigilo al baño, desnuda, como en mi visión. Me pareció irreal que yo hubiera probado ese cuerpo apenas unos minutos antes.

En el fondo del cuarto había un trozo que había desaparecido. Era de día y faltaba un trozo de pared y de suelo. Sin duda, estaba viendo un tiempo anterior a que el edificio existiera. ¿Era eso posible?

¿Era posible algo de lo que me estaba pasando?

Carla salió del baño y se dio cuenta de que estaba despierta. Venía sonriendo, sin ocultar su cuerpo. Se metió en la cama por la parte de Matías y reptó hacia mí para besarme.

—Me voy ya.

—¿Quieres que llame un taxi?

Ella empezó a vestirse.

Mientras la veía ponerse la ropa me di cuenta de que todas mis visiones con ella se habían cumplido.

¿Eso es que no iba a repetirse? Quizá la próxima vez fuera en su casa, o en otro sitio.

—Me apetece dar un paseo y disfrutar del buen sabor de boca que se me ha quedado —me dijo mientras terminaba de ponerse la camiseta.

Yo me levanté metiendo un poco la barriga y me puse una camiseta por encima.

—No me acompañes. Quédate en la cama, que mañana tienes que madrugar —insistió.

No le hice caso.

Mientras salíamos, le dije que si le apetecía me llamara algún día. Ella respondió que si me apetecía a mí la llamara algún día.

Nos besamos en el pasillo. Se estaba bien con Carla.

Al entrar en el salón me di cuenta una vez más del sadismo de las visiones. Parecía que la casa o el ente encargado de ellas las elegía para hacer el mayor daño posible.

En la parte del fondo, donde la librería, estaba yo mirando hacia el suelo, aterrada. Recordé el día que tuve la visión de mi padre por primera vez y acabamos en el neurólogo de urgencias. Mi cara era de pavor absoluto.

Carla se dio cuenta de que me estaba ocurriendo algo extraño y se paró.

En la visión, Matías se acercaba a mí y yo le abrazaba, llorando. Él trataba de tranquilizarme, pero estaba muy preocupado.

—¿Susana? —Carla se estaba alarmando.

Levanté una mano para hacerla callar. Quería ver bien la visión hasta que se acabara.

En pocos segundos desapareció; menos mal, si no Carla habría tenido serias dudas sobre mi estado mental.

La miré como si no hubiera ocurrido nada, pero dentro de mí se removían mil cosas.

Mi cara de «no pasa nada» no debía de ser del todo perfecta, porque Carla me preguntó si estaba bien. Yo le dije que sí, que todo bien, y lo apoyé con una sonrisa para ver si lo hacía más creíble.

—¿Seguro? —preguntó otra vez.

Nada de lo que dijera iba a ser demasiado creíble, así que opté por no elaborar demasiado la mentira.

—Que se me había olvidado una cosa que tenía que hacer.

—¿Ahora?

La verdad es que podía haberla trabajado un poco más. Sonreí, ahora sinceramente por mi propia torpeza.

—No, ahora es tarde. Mañana la haré.

El viaje de siete metros hasta la puerta de entrada (o de salida) ocurrió sin más incidentes. Abrí la puerta y nos besamos, pero Carla se había quedado preocupada.

—¿De verdad que no te pasa nada? —me preguntó—. ¿Quieres que me quede esta noche contigo?

—Está todo mejor que bien, no te preocupes —me reafirmé y le di un beso.

—Para mí sí que ha estado bien. De hecho, para ser novata... Uff. —Se rio, satisfecha.

Y se fue.

Regresé al salón, pero ahora ya no había ninguna visión. De pronto eché mucho de menos a Matías, sus abrazos y su modo de consolarme cuando estaba mal. De acuerdo, lo pasábamos muy bien juntos y estábamos todo el tiempo riéndonos, pero en ese momento eché de menos su magnífico modo de reconfortarme.

Me sentía como si le hubiera engañado, y, en cierto modo era verdad, pero ¿quién le explicaba ahora lo de Carla?

Volví a la cama sintiendo como si todo hubiera sido solo una fantasía mía. Sabía que lo había hecho, pero lo recordaba como visto desde fuera. Me sentía muy rara.

Cuando llegué al dormitorio, olía a Carla, a su perfume, a su sexo. Quité las sábanas y las dejé amontonadas delante de la lavadora. Puse otras limpias y me duché.

Quería sentir la sensación de que no había pasado nada y negar aquella noche en la que tan bien me lo había pasado.

Pero había ocurrido.

37

Al día siguiente me tocaba abrir El Extranjero. Menos mal que no vino demasiada gente por la mañana, porque igual les hubiera vendido un libro que una magdalena.

No es porque tuviera sueño, que lo tenía y mucho, es que seguía subida en la nube. No dejaba de pensar en lo que había pasado, y en Matías, y en Carla, y en lo bien que me lo había pasado y lo rara que me sentí después.

Cuando llegaron Santiago y Max, yo estaba detrás de la caja pensando en todas estas cosas. Parecía más una figura de cartón a tamaño real, de esas que ponen a veces en la entrada de los cines, que una trabajadora de una librería. De hecho, tardé unos segundos en darme cuenta de que los dos estaban a pocos metros de mí mirándome.

Max me saludó a distancia y se fue hacia la oficina. Santiago se acercó.

—¿Cómo estás?

La respuesta era demasiado complicada como para desarrollársela en ese momento. Solo faltaban siete horas para cerrar, necesitaba más tiempo.

Así que opté por una respuesta más sencilla.

—¿Has traído el tequila?

Santiago sonrió e hizo la pantomima de rebuscarse por los bolsillos.

—Suelo llevar siempre una botella en el bolsillo, pero no sé dónde la habré metido —dijo con esa seriedad graciosa que le caracterizaba—. ¿Qué has hecho ahora?

—El imbécil —resumí yo.

—Eso nos pasa a muchos. —Sonrió.

No estaba dispuesta a que me quitaran el mérito de ser la más torpe de la librería. Iba a luchar por mi puesto.

—Pero no tanto —dije.

Santiago debió de entender que esa competición la tenía perdida, porque no siguió pujando.

Se sentó a mi lado junto a la caja y me ofreció un caramelo de menta. Yo negué con la cabeza. Él se metió uno en la boca y continuó interesándose por mí.

—¿Y qué vas a hacer?

Eso era lo que yo llevaba preguntándome desde la noche anterior sin éxito.

—¿Beber tequila? —¿Se aceptaba eso como solución?

—Es una posibilidad. —Sonrió.

De pronto, la puerta de El Extranjero se abrió y entró Carla. Al ver que estaba con Santiago, como la anterior vez que vino, esperó a una prudente distancia.

Yo me quedé cortada. A ella también se la veía tímida. Santiago nos miraba alternativamente a una y a otra.

Supongo que para él éramos como libros abiertos. Espero algún día poder tener alguno de los superpoderes de Santiago, pero aún me falta mucho para eso.

—Voy a por la botella —dijo y se fue hacia la oficina.

Todavía nos quedamos Carla y yo unos segundos más mirándonos antes de atrevernos a acercarnos. Las dos lo hicimos a la vez.

No sabía si darle dos besos, un pico, la mano... Cuando estaba con Matías y nos encontrábamos lo tenía clarísimo, pero de pronto me bloqueé.

Carla salvó la situación dándome un abrazo. Un maravilloso, fuerte y tierno abrazo.

—¿Cómo llevas el sueño? —me preguntó.

—Bien, creo. Sobrevivo. Esta mañana ha sido un horror, no conseguía salir de la cama.

Era fascinante lo fácil que me resultaba hablar con ella. En cierto modo, era como si habláramos el mismo idioma. Con Matías me entendía muy bien y nos lo pasábamos genial juntos, pero siempre había una pequeña barrera.

Ella sonrió.

—He tenido que arrastrarme hasta la ducha para empezar a ser persona —dijo—. Eso sí, un intento de persona contenta.

Yo me quedé callada; no quería preguntarle por qué había ido a mi trabajo, pues me parecía un poco agresivo.

No es que me disgustara, pero no me había dado ni tiempo a echarla de menos.

Como si me leyera la mente, Carla respondió a mi duda.

—Me he escapado a hacer un recado y he venido a verte; mejor que enviarte un mensaje. ¿Te apetece un café cuando salgas?

¿Que si me apetecía? Me hubiera encantado un café, o dos tés y cuatro cervezas, siempre después de una siesta, claro. O irnos a mi casa, o a la suya y devorarnos, o estar simplemente tiradas en la cama hablando y conociéndonos.

Claro que me apetecía, y mucho.

Pero tenía que poner en orden mi vida.

—¿Podemos hablar un momento?

Esa es una de las peores preguntas que le pueden hacer a nadie, porque sabes que siempre va asociada a malas noticias. Pero ella sonrió, como si se lo esperara, y me preguntó si quería hablar dentro de la librería o que saliéramos a la calle.

¿Por qué yo tenía esa cualidad de hacer siempre las cosas tan difíciles cuando eran mucho más sencillas?

¿Por qué todo el mundo tenía los superpoderes que yo quería? ¿Cuándo hicieron ese reparto?

Seguí a Carla hasta la calle. Pasó por delante del escaparate y se paró apenas estuvimos fuera de la vista de los de dentro.

—Tú dirás.

Yo no sabía por dónde empezar. Hacía nada que había terminado mi relación con Matías y ahora estaba en una situación parecida con una chica a la cual apenas conocía. ¿Cómo se hacía aquello?

—Me encantó lo de anoche... —intenté explicarle, pero me sentí tan tonta que no seguí la frase.

—Si esa es tu cara de satisfacción no sé si quiero ver la otra —me dijo sin ningún rencor, casi como apuntando una curiosidad.

Tenía que empezar por otra parte.

—Yo no soy lesbiana.

La cosa no mejoraba.

—Ya me lo dijiste.

Cierto, avisada estaba.

—Anoche me dejé llevar.

Casi parecía que estaba intentando que ella uniera los puntos y me lo hiciera fácil, pero, en vez de ayudarme, Carla estaba empeñada en ser encantadora, lo que me lo hacía todo más difícil.

—Y fantásticamente, además —dijo con una sonrisa.

Tenía que decir de una vez lo que quería y dejarme de adivinanzas. Iba a tratar de ser medianamente adulta por una vez.

—No quiero... No va a volver a pasar.

—¿No te gustó? —me preguntó sabiendo perfectamente la respuesta.

Las dos la sabíamos.

—No es eso.

Ella se quedó en silencio. Yo esperaba el momento en el que arrancaran la escenita, los reproches, el «has jugado conmigo», «me has usado» y todas esas cosas a las que nos hemos acostumbrado tanto y que damos por descontadas, pero ella en cambio me sonrió.

—No te preocupes.

Una no está preparada para esto.

—¿Qué? —se me escapó.

—Que no te preocupes. Entiendo que cada una está en un punto distinto.

Y se quedó tan ancha. En ese momento tendría que haber venido la Academia Sueca al completo y darle el Premio Nobel de la Paz o algo así. ¿De dónde había salido Carla? ¿Por qué no la habría conocido antes... o después?

Yo me sentí muy tonta por hacer ese amago de conversación de ruptura, por tratar las relaciones como si fueran problemas. Por ser una retrasada emocional.

—Disculpa.

—¿Que te disculpe? Al contrario, si vuelves a estar igual de confusa que anoche, llámame. Yo me sacrificaré.

Me la hubiera tirado ahí mismo, en la acera, contra un coche.

Pero me limité a sonreír.

—Gracias.

Ella me dio un abrazo fuerte, bonito, y me susurró al oído.

—Espero que puedas solucionarlo todo pronto. Mereces la pena.

Se separó y me dio un pequeño beso en los labios, sin ninguna lascivia.

—Si quieres un café o charlar un rato, sabes dónde encontrarme. Prometo no hacer cosas de lesbianas —añadió, me guiñó un ojo y se fue.

Yo me quedé unos segundos viéndola marchar y entré en El Extranjero.

Santiago me esperaba junto a la caja, pero no traía el tequila, solo una taza de té rojo.

—¿Necesitas algo? —me preguntó mientras yo cogía la taza y le daba un pequeño sorbo.

—Un poco de cerebro.

—De eso tienes, y bastante.

—Entonces necesito las instrucciones de uso.

Santiago se rio. Como él no me decía nada decidí explicarle un poco más.

—Me da la sensación de que estoy metiendo la pata una y otra vez. No sé bien qué hacer.

—¿Y tú qué quieres hacer? —me preguntó.

—Buena pregunta.

—Realmente no es tan buena; es la obvia.

Cierto, era obvia, pero no era tan fácil de responder. Lo que necesitaba era tiempo para pensar sin enredarme en visiones ni en mis propias tonterías.

Necesitaba estar sola y fuera de casa.

—¿Puedo tomarme el resto del día libre?

—No tendría que haberte animado.

Lo abracé fuerte. Aunque intentó zafarse, sé que le encantaba que le abrazara o que fuera cariñoso con él.

—Anda, vete —me dijo.

—¿Seguro? ¿Quieres que haga algo antes de irme?

—Mira que te cuesta aceptar las victorias. ¡Vete ya!

Le sonreí y me fui. Lo que no sabía era que esa era la última vez que iba a ver a Santiago en mi vida.

Le hubiera dado las gracias por contratarme y por enseñarme tanto, y no solo de libros. Le hubiera dado un abrazo el doble de grande, aun sabiendo que hubiera protestado.

Pero, como no lo sabía, no lo hice.

Apenas me había alejado un par de calles de El Extranjero cuando me llamaron de la residencia.

Mi abuela se encontraba muy mal.

Ni les dejé acabar la frase. Les dije que iba enseguida para allá y colgué.

38

Cuando llegué a la residencia, entré corriendo hasta la habitación de mi abuela sin ni tan siquiera saludar a la chica que había en recepción. Una cuidadora estaba junto a la puerta. Lloraba.

Delante de ella un médico hablaba en voz baja con otro cuidador.

Me paré junto a la puerta porque pensé que ya era demasiado tarde, pero, cuando la cuidadora se dio cuenta de que estaba ahí, me hizo un gesto para que pasara mientras me tocaba el brazo cariñosamente.

¿Se portaban siempre así en la residencia o era que mi abuela era de las que dejaban huella?

Todos me dejaron pasar con un silencio reverencial.

Vivi estaba tumbada en la cama con su camisón estampado espantoso. Le había dicho mil veces que lo tirara, pero ella decía que era el más cómodo para dormir. Estaba con los ojos cerrados, pero movía imperceptiblemente la boca.

Al pasar junto al médico lo miré y él negó con la cabeza.

Asentí y fui al lado de Vivi. Me arrodillé junto al cabecero de la cama y cogí su mano.

—He venido lo más rápido posible —le dije con voz muy baja deseando con todas mis fuerzas que me reconociera.

Ella abrió los ojos y sonrió.

Mi abuela se estaba apagando. Intenté que no se me notara que estaba a punto de llorar.

Vivi tiró de mi mano para que me acercara a ella. Yo miré al médico y a los cuidadores. Sin necesidad de decir nada, ellos entendieron que les estaba pidiendo un poco de intimidad para poder despedirme de ella. Se fueron y cerraron la puerta.

Ella trató de incorporarse, la detuve suavemente con la mano y se dejó caer. Tiraba de mi mano con fuerza. Me aproximé con cuidado.

—Estoy aquí, Vivi, contigo.

Necesitaba que me sintiera con ella como yo la había sentido todos estos años conmigo.

—Tienes que ayudarme —dijo.

—Claro, ¿a qué?

Empezó a llorar. Las palabras le salían a borbotones.

—Mi marido... Yo sola no puedo. Ayúdame, por favor.

Me sentí fatal.

Con toda la tontería con Matías y Carla se me habían ido de la cabeza los malos tratos de mi abuela. La había dejado de lado por mis caprichos. Me sentí la persona más frívola del mundo, ¿cómo había podido anteponer mis caprichos amorosos a las necesidades de mi abuela?

La culpa, de nuevo la culpa.

—Ayúdame, por favor. Por favor...

Las lágrimas le caían por la cara. Yo no sabía bien qué hacer. ¿Me estaba de verdad pidiendo ayuda porque yo tenía que hacer algo o simplemente se le había ido la cabeza a otro tiempo, como solía pasarle?

En ese momento todo me dio igual, solo quería poder tranquilizarla para que pudiera morir tranquila.

—Vivi, el abuelo está muerto. Se fue de casa él solo —traté de explicarle.

Pero ella no me escuchaba.

El miedo le podía.

—Va a matarme. Por favor...

Le cogí la cara para que me mirara y le dije lo más calmada que pude:

—Se fue. Mi padre tenía como seis años y él se fue. Te dejó tranquila.

Ella me miró sorprendida.

—¿Se fue? —me preguntó.

De pronto, dejó de llorar, aunque las lágrimas aún estaban ahí.

Le sequé la cara con la sábana y le cogí las dos manos. Ella me seguía mirando sin decir nada.

De pronto, mi abuela se había convertido en una niña. Una niña de ochenta y seis años con la cara llena de arrugas.

Se me partía el corazón.

Aproveché que se había tranquilizado un poco para explicarle todo mejor y se lo conté con la voz más relajada que fui capaz.

—Sí, se fue, hace muchos años. Tú sola criaste a mi padre y lo hiciste fenomenal. Y luego aguantaste como una campeona mi adolescencia. Si soy medianamente normal es gracias a ti, a la paciencia que tuviste conmigo. Y lo hiciste todo tú sola. Mi abuelo murió hace más de cincuenta años. No puede hacerte nada.

Ella soltó mis manos y jugó con el pelo de su nuca.

—No me acuerdo.

—Porque estás p'allá, como dices tú, y se te olvidan las cosas. Te dejó tranquila y se fue. Estás a salvo.

Ella, sin dejar de jugar con el pelo de su nuca, asintió interrogativamente.

—¿Estoy a salvo?

—Lo estás.

Ella sonrió, se dejó el pelo de la nuca y me tocó la cara.

—Gracias.

—Vivi, no me des las gracias.

Ella me miró con los ojos llenos de orgullo. La niña había desaparecido, Vivi había vuelto.

—El mejor fantasma que una niña puede tener —me dijo.

¡Ella siempre supo que yo era el fantasma! Se me agolpaban miles de preguntas en la cabeza. ¿Me regaló la casa para que pudiera ser su fantasma? ¿Era todo parte de un plan hecho por mi abuela? Quizá me estaba dejando llevar y Vivi solo me había regalado la casa porque me quería, independientemente de todo lo demás.

—Vivi... —Quería decirle todo a la vez, pero no me salió ninguna otra palabra.

Ella levantó un poco una mano para que me callara, me sonrió, cerró los ojos y se dejó ir. Sus manos se relajaron y apoyó la cabeza en la almohada.

Y ya está, no hizo nada más.

Vivi dejó de ser Vivi para siempre.

Me levanté pesadamente y abrí la puerta de la habitación. El médico y los cuidadores leyeron en mi cara que mi abuela se había ido del todo.

La chica me abrazó, mientras que los otros dos fueron directos a la cama de Vivi.

Ahora sí que estaba sola, ya no me quedaba nadie.

Empecé a llorar como creo que no había llorado nunca. La pobre cuidadora trató de calmarme, pero no había consuelo posible.

39

Decidí que no quería pasar una noche más en la casa. No quería volver a ver a mi abuela sufrir ni las visiones de cuando Matías y yo estábamos bien. Ya no podía más.

De la residencia me fui directa a hacer la maleta. Pensaba pasar unas noches en un hostal y, cuando hubiera terminado la cremación de Vivi, recoger las cosas del piso y ponerlo a la venta. Seguro que, con lo que sacara, podría comprarme algo pequeñito cerca de la librería y aún me quedaría un fondo sustancial.

¡Ilusa!

La casa sorprendentemente se portó bien cuando entré. No encontré a nadie hasta que ya tenía la maleta sobre la cama y la mitad de la ropa dentro. En uno de los viajes del armario a la maleta (estaba preparando ropa como para una semana), vi que mi abuela de niña estaba saltando en la cama.

La miré unos segundos, estaba feliz dando saltos y cayendo de culo sobre la cama. Terminé rápido de hacer la maleta y salí con ella dejando a mi abuela detrás.

Apenas llegué al salón, sonó el timbre. Antes de abrir la puerta ya sabía quién era, yo misma le había llamado.

Creía que tenía que hablar con Matías tranquilamente, se lo merecía, nunca se había portado mal conmigo.

Era un día de cerrar asuntos pendientes, por eso decidí pedirle que si no le importaba se pasase por casa a hablar.

Cerrar la casa y cerrar con Matías.

Cerrar.

Al abrir la puerta tuve una sensación rarísima. Matías estaba parado en el lado contrario de la puerta al que estaba acostumbrada a tenerle, es decir, en el de fuera. Pero lo raro de verdad no fue eso, al verlo me di cuenta de que ya no lo reconocía. En apenas unos días se había convertido en un extraño. Por supuesto, sabía que la que había cambiado era yo, pero la sensación fue chocante.

Nos quedamos un segundo en esa situación tan incómoda de no saber si besarnos o no. Optamos por no hacerlo. Le hice pasar al salón.

Se quedó mirando la maleta, pero no dijo nada.

Siempre ha sido muy discreto.

Lo echo de menos.

—¿Quieres un café o algo? —le pregunté, pero él no estaba para cafés.

—No. Dime —respondió.

—Vivi ha muerto esta mañana. —Creí que antes de empezar a hablar tenía que saberlo. Se querían mucho.

—¡No jodas! ¿Por qué no me has llamado?

Le podría haber respondido muchas cosas, que quería pasarlo sola o que luego todo iba a ser más difícil. Él me habría contestado que me hubiera acompañado, que así también se habría despedido de Vivi. Podríamos haber estado hablando veinte minutos sobre el tema. Pero no me apetecía.

Además, el motivo por el que no le había llamado era porque no había caído. La muerte de Vivi había ocupado cada milímetro de mi cerebro y no había sitio para nada más. Solo pensé en él cuando salí de la residencia y decidí cerrar la casa.

Es cruel, pero es así.

Por eso no contesté; me limité a encogerme de hombros.

Me senté en el sofá. Matías se puso a mi lado.

—Siento haberlo hecho todo tan mal —le confesé.

Él no dijo nada. Supongo que estaba esperando a que hablase sobre nuestra relación. Imagino que quería saber si se me había pasado la locura e iba a empezar una nueva vida con él o si por el contrario iba a cerrar todas las puertas a una reconciliación.

En la pared del fondo del salón, el edificio estaba en construcción y era de noche. Se podía ver el muro a medio levantar y mucho material tirado por ahí. Los albañiles que hicieron el edificio no eran muy pulcros.

Enseguida dejé la visión y miré a Matías, que me estaba observando serio.

—Voy a vender esta casa —le dije.

Se le notaba con ganas de hablar de lo que a él le importaba, pero supongo que pensó que no debía precipitarse. Nunca había visto a Matías tan comedido.

—¿Y eso? —Fingió que le interesaba el tema. Bueno, la verdad es que no sabría decir si en realidad buscaba cómo eso le afectaba a él.

—Quiero empezar de nuevo sin mirar hacia mi pasado, ni hacia mi futuro ni nada. Solo quiero vivir un día cada vez y ser yo quien tome mis propias decisiones —le solté casi de carrerilla.

Matías asintió y por fin dijo lo que estaba deseando desde hacía un rato.

—¿Yo entro en ese planteamiento?

Eso era lo que quería explicarle, que no lo sabía, pero que no me esperara. Estaba empezando un viaje que no sabía hacia dónde me conduciría y quería hacerlo sola. Sentía que hasta ese momento había estado dejándome llevar por todo lo que me sucedía y el único modo que se me ocurría de tomar las riendas de mi vida era estando sola.

—No lo sé todavía.

Él asintió, pensativo, valorando sus opciones.

Entonces me sinceré con Matías.

—Me equivoqué con la visión, no eras tú el que me iba a engañar.

Matías me contestó con curiosidad.

—¿Quién era? ¿Tu abuelo engañando a Vivi?

—Era yo, con una chica.

—¿Cómo? —me preguntó, pero creo que más porque no le entraba en la cabeza que porque no me hubiera entendido.

—La visión se cumplió anoche —le aclaré.

—¿Te has acostado con una chica? —me preguntó confuso.

Matías no era para nada corto ni había que explicarle las cosas tres veces, pero esto le superaba.

Esto no se lo habría imaginado en la vida. La verdad es que yo tampoco hasta que lo vi (y lo sentí).

Recordando la noche anterior no tuve más remedio que asentir.

—Y me gustó —dije intentando explicarlo del modo más claro y conciso posible.

No tenía sentido andarse por las ramas a esas alturas.

No pretendía hacerle daño, solo poner las cartas sobre la mesa para que pudiéramos hablar sabiendo los dos lo que había.

En la visión del fondo del salón, un pájaro se había posado sobre unos hierros que salían del muro. Seguía siendo de noche en el pasado.

—¿Cómo ha ocurrido? —No daba crédito a la conversación que estábamos teniendo.

Pero no me dio tiempo a responder. Por delante de nosotros apareció Vivi. Mi abuela llevaba dos bolsas de la compra y a su lado estaba mi padre. Ella tendría en la visión unos treinta y cinco años y mi padre, seis. Desde la otra parte, como si saliera de la cocina, apareció mi abuelo y, sin mediar palabra, le dio a Vivi un bofetón que la mandó al suelo.

No le dijo nada, ni le gritó ni nada que yo viera, simplemente fue a por ella y le cruzó la cara.

Me sorprendió tanto que me levanté de golpe y abandoné a Matías en el sofá.

Vivi hizo amago de levantarse, pero mi abuelo la cogió del pelo y le dio un bofetón enorme que la tumbó de nuevo. Mi padre se interpuso cogiendo el brazo de mi abuelo. Este se lo sacó de encima de un empujón y le gritó algo que lo dejó aterrado. Mi abuela se puso en medio de los dos.

Yo oía a Matías llamarme por mi nombre y preguntarme que qué pasaba, pero yo no podía dejar de mirar a mis abuelos.

Él la volvió a coger y esta vez la golpeó con el puño cerrado y con todas sus fuerzas. La cara de mi abuela se hinchó casi inmediatamente. El ojo se le cerró y le salía sangre de la parte de arriba del pómulo. Mi padre lloraba y decía «mamá» una y otra vez sin atreverse a moverse del sitio. Vivi intentaba defenderse. Podía ver el pánico en su cara. Mi abuelo, como loco, le daba más puñetazos y patadas en las piernas.

Mientras, seguía oyendo a Matías hablándome por la espalda. Sentí cómo me cogía de un brazo y me preguntaba que qué estaba ocurriendo, que hablase con él.

—¡La va a matar! —grité con la impotencia de estar viéndolo todo a menos de dos metros de mí y no poder hacer nada.

La cara de mi abuela cada vez estaba más hinchada. La sangre del pómulo le caía por la cara.

Yo no dejaba de llorar, tenía que hacer algo. Intenté parar a mi abuelo, pero obviamente le atravesé. Si le pegaba, apenas le movía un poco el pelo o la ropa.

La estaba destrozando. Mientras se defendía, Vivi arañó a mi abuelo en la cara, lo que hizo que este le pegara con más saña.

Yo daba vueltas tratando de encontrar una solución. Lloraba con rabia. Si hubiera podido, habría matado a mi abuelo en ese mismo instante.

Este le propinó un puñetazo en la cara que dejó a Vivi casi inconsciente.

—¡No! —grité yo sin darme cuenta.

Sentía que Matías me seguía por la habitación.

Mi abuela ya ni se defendía. Él la cogió por el vestido y volvió a golpearla en la cara. Ella ya no sentía dolor ni tenía miedo, simplemente se había dejado llevar. Sangraba por la boca, el ojo era un bulto informe, un amasijo de pelos y sangre. Mi padre trató de acercarse en un último intento por defenderla, pero mi abuelo le soltó un puñetazo que lo lanzó varios metros hasta chocar contra un mueble. Mi padre se quedó en el suelo aturdido, sangrando por la nariz.

Mientras, mi abuelo se levantó para darle un patada en la cabeza a Vivi y rematarla. Ahí ya no pude más. Me lancé contra él como una poseída.

Y me di contra mi abuelo.

No sé cómo, pero entré en la visión. Supongo que la desesperación que sentí porque veía que iba a matar a mi abuela hizo que fuera a por él con tanta energía que logré entrar físicamente en la otra época. Mi abuelo me miró sorprendido, no entendía qué había ocurrido. Para él una chica extraña había aparecido de la nada y había chocado contra su brazo.

Yo estaba ciega de rabia, pero lo único que quería era apartarle de mi abuela. Necesitaba que la dejara en paz. Le cogí del cuello de la camisa con una mano y de la manga con la otra y tiré con fuerza de él. Estaba tan sorprendido que no opuso resistencia. Al tirar de mi abuelo nos alejamos de Vivi y de su tiempo.

Fue cosa de una fracción de segundo. De pronto me encontré de nuevo en mi salón. La misma energía con la que entré me había hecho salir de la visión con mi abuelo cogido de mala manera. Yo seguía tirando de él, que trastabilló intentando estabilizarse sin conseguirlo. Entonces me di cuenta de que estaba gritando. Estábamos los dos en la misma realidad.

Yo solo quería alejarlo de mi abuela lo más posible. No tenía ningún plan, solo que dejara de pegarle, así que continué tirando con todas mis fuerzas de él.

Durante una fracción de segundo vi a Matías con cara de sorpresa.

Supongo que, cuando entré en el pasado, de pronto dejó de verme y luego aparecí con un señor cogido de la camisa, o igual nunca llegué a desaparecer del todo y fue solo mi abuelo el que surgió de la nada. No sé qué vería exactamente; si alguien le encuentra, por favor, que le pregunte, pero la cara que tenía era de haberse topado con un fantasma.

Yo seguía con toda mi rabia tirando de mi abuelo. Aunque estábamos en mi salón, en el presente, aún podía ver a mi abuela en el suelo sin apenas moverse.

Enfrente de mí estaba el otro agujero en el tiempo, el de la pared en construcción. Me di la vuelta para tratar de tirar a mi abuelo contra ese muro. Realmente fueron tres metros, pero yo lo viví como un relámpago. Le empujé como pude hasta que entramos en ese tiempo. Mi abuelo chocó contra la pared y yo contra él.

De repente, le salió sangre por la boca, me aparté de él y solo entonces me di cuenta de que uno de los hierros le había atravesado el cuello. Mi abuelo había quedado ensartado de pie en una posición grotesca. Me alejé espantada de su cuerpo. Tenía la ropa totalmente cubierta por la sangre que le salía de la boca y del cuello. Mi abuelo tuvo como una tos rara con una especie de gorgoteos y murió.

¡Había conseguido salvar a Vivi! De algún modo había obtenido la energía suficiente como para poder entrar en 1963, sacar a mi abuelo de ahí y meterlo en otro tiempo distinto, en 1892, cuando se estaba construyendo el edificio.

No fue mi abuela la que, como sospechábamos, había hecho desaparecer a mi abuelo. Había sido yo.

Yo le había matado.

Me froté las manos en la camiseta, pero la sangre no se quitaba. Me di la vuelta para buscar algo con lo que limpiarme cuando me di cuenta de que solo se veía el fondo del salón en construcción. Más bien el fondo de la casa, porque estaba delimitado el perímetro del piso, pero no tenía aún tabiques interiores.

¡No estaba mi salón! Me moví a mi alrededor para ver si lo localizaba, pero no vi nada, no vi ningún otro tiempo, solo este. Me había quedado atrapada en el pasado.

Corrí por todo el espacio que en el futuro sería el salón de mi casa, pero no había nada. Me asomé por la puerta, pero lo único que vi fue el agujero de la puerta de enfrente y las escaleras, que ya tenían peldaños. Nada que pudiera ayudarme.

Volví hasta donde estaba mi abuelo, pero no tenía ningún interés en él, solo quería mirar por encima del muro en construcción.

La calle se parecía mucho a la de la actualidad. Debía de ser muy de noche, porque no había nadie por las calles, ni los borrachos ni los serenos, nadie.

Volví a entrar en el piso, más bien en lo que luego sería el piso, y me senté a esperar a que se abriera otra burbuja de tiempo. Si aparecía una, tenía que ser rápida, concentrarme mucho e intentar entrar. Si me dejaba en mi presente, perfecto; si no, pensaba entrar igual, para ir acercándome a mi tiempo. Incluso pensé que quizá pudiera abrirse una burbuja en el futuro de donde yo estaba. Eso sería casi como una broma cuántica.

Pero no hubo bromas cuánticas.

No hubo nada.

40

Estuve sentada hasta que se hizo de día.

Pensé en mi abuela, que estaba a punto de ser asesinada y de repente su marido había desaparecido. Imaginé su cara tratando de explicarle eso a la policía cuando informara de la desaparición. Supongo que la policía buscaría pistas por toda la casa tratando de ver si Vivi le había hecho algo a su marido. Pero los portales de tiempo, o como quieran llamarse, no dejan huella.

Pensé en Matías. ¿Cómo iba a poder explicar que su exnovia había desaparecido dentro de un portal y que posiblemente estuviera en otro tiempo? Recordé entonces la visión que tuve de Matías cuando yo estaba buscando restos de mi abuelo por la casa. Ahora todo tenía sentido. Él estaba desesperado, justo en la pared donde mi abuelo y yo habíamos desaparecido, sin entender nada, buscándome de una parte del salón a otra. ¿Qué vería él? ¿Dónde estará ahora? Según mis cálculos, faltaban casi cien años para que naciera y, sin embargo, en ese mismo instante debía de estar en otro tiempo, posiblemente sin dormir, esperando a que yo regresara.

Pensé en mi padre, que posiblemente lo vio todo. Por suerte, la situación fue tan rápida y él era tan pequeño que supongo que olvidó lo sucedido muy pronto o creyó que ocurrió solo en su cabeza.

Pensé en Santiago y en Max, en Carla, en toda la gente que dejaba atrás en el futuro. ¿Cómo vivirían mi desaparición? ¿Cómo sería la vida sin mí?

Miré los restos de mi abuelo. Se había quedado en una posición muy extraña, como una marioneta en Halloween. Estaba de pie, colgado por el cuello en el hierro que le había atravesado, lo que le obligaba a tener una postura muy rara. La sangre había caído por su cuerpo y había formado un charco a sus pies.

No sentí ningún remordimiento. No me dolía ni que mi abuelo estuviera muerto ni que lo hubiera matado yo.

Solo me dolía todo lo que había perdido por hacerlo.

Y lo había perdido todo.

Estuve unas tres o cuatro horas en la casa hasta que vi que estaba amaneciendo.

Me levanté y miré hacia la calle, que se iba despertando poco a poco. Era como estar viendo una película de época. No había demasiada gente, pero por cómo iban vestidos y por los peinados estaba claro que habíamos abandonado el siglo xxi. Pasó un coche de caballos para terminar de adornar el cuadro.

No sabía qué día era, pero si era laborable en breve llegarían los albañiles a terminar el muro. Me tenía que marchar si no quería asumir responsabilidades por la muerte de mi abuelo. Bastante penitencia tenía con haberme quedado en 1892 como para encima ir a la cárcel.

Miré por última vez por si se había abierto alguna visión, pero no había nada, así que me fui. Al llegar al hueco de la puerta miré hacia dentro y recordé el día en el que mi abuela me regaló el piso y me dio las llaves. Matías y yo fuimos a ver la casa con toda nuestra ilusión.

Teníamos tantos planes…

Eché un último vistazo a la que fue (y sería dentro de ciento y pico años) mi casa y me fui.

No voy a contar dónde fui ni qué hice. Solo confesaré que he encontrado un buen trabajo aprovechando los conocimientos que tengo por haber estudiado en el siglo xxi y que he intentado pasar desapercibida para integrarme lo mejor posible en este nuevo (viejo) tiempo que me ha tocado vivir.

También diré que regresé una y otra vez al piso, por si lograba tener alguna visión que me pudiera permitir volver a casa. Obviamente no tuve ninguna suerte en eso.

En otras muchas cosas sí.

No sé si volvería.

Este libro se publicó
en el mes de septiembre de 2021